全民阅读精品文库

朱明东

著

行走的歌谣

中国言实出版社

图书在版编目（CIP）数据

　　行走的歌谣 / 朱明东著 . -- 北京：中国言实出版社，
2018.6
　　（当代实力派作家美文精选集 / 凌翔，汪金友主编）
　　ISBN 978-7-5171-2817-5

　　Ⅰ . ①行… Ⅱ . ①朱… Ⅲ . ①散文集－中国－当代
Ⅳ . ① I267

中国版本图书馆 CIP 数据核字（2018）第 127799 号

责任编辑：张　丽
出版统筹：李满意
插图提供：荷衣蕙
排版设计：叶淑杰
　　　　　　严令升
封面设计：戴　敏

出版发行　　**中国言实出版社**
　　　　　　地　　址：北京市朝阳区北苑路 180 号加利大厦 5 号楼 105 室
　　　　　　邮　　编：100101
　　　　　　编辑部：北京市海淀区北太平庄路甲 1 号
　　　　　　邮　　编：100088
　　　　　　电　　话：64924853（总编室）　　64924716（发行部）
　　　　　　网　　址：www.zgyscbs.cn
　　　　　　E-mail：zgyscbs@263.net
经　　销　　新华书店
印　　刷　　三河市金元印装有限公司
版　　次　　2018 年 6 月第 1 版　　2018 年 6 月第 1 次印刷
规　　格　　710 毫米 ×1000 毫米　 1/16　 13 印张
字　　数　　180 千字
定　　价　　49.80 元　　ISBN 978-7-5171-2817-5

散文的气质

红孩

　　每一个人都不是孤立存在的，他需要社会的滋养。社会就是人群之间的往来，既然人与人之间有往来，就必然会有人与人之间的评价。评价一个人，标准很多，可以用小家碧玉，也可以用大家闺秀，最简单的方法就是用好人和坏人区分。这在二十世纪六七十年代的电影中处处可以看到。而事实上，这世界的芸芸众生，哪里有那么多的好人和坏人，好人和坏人是相对的，就大多数人而言，基本属于不好不坏的人。

　　生活中，我们对一个人的外表评价，通常爱用"气质"这个词。譬如，形容某个女人漂亮，常用气质高雅；形容某个男人有修养，喜欢用气质儒雅。由此可见，气质这个词是人们所需要的，也是男女可以通用的。查现代汉语词典，对气质的解释有两种：一是指人的相当稳定的个性特点，如活泼、直率、沉静、浮躁等，是高级神经活动在人的行动上的表现；二是人的风格和气度，如革命者的气质。很显然，我们一般选择的是后者，前者过于确定，不过后者也让人感觉到是属于不好定义的那种。

同样，我们看一篇文学作品，往往也会从作家的文字中读出其人与文的气质。这就是所谓的文如其人。以我的见识，人和文在很多的时候并不一致。一个文弱的书生，他的气节和人格可能是刚硬的。鲁迅个头不足一米六，可谁能说鲁迅不高大呢？不管怎样，我们看一个人的作品总会很自然地和这个人的人品联系在一起。所以，我们在研究一个人的作品时，往往会从作家的社会性和作品的艺术性两个方面来考证。近些年，社会价值取向多元化，人们对过去的人和事也变得宽容起来，像过去被封杀被长期边缘的作家作品逐渐走向人们的视野，这些作品甚至如日中天地成了一段时间的文学主流。文学的艺术性与社会性，是不可割裂的，过于强调哪一方面都会失之偏颇。

　　散文也是如此。我们说一篇散文的优劣得失，其评价体系也很难绕开艺术性和社会性。当然，如果是风景描写的那种游记作品，就另当别论了。即使是风景描写，也不完全超脱于当时的社会背景，如《白杨礼赞》《茶花赋》《荷塘月色》《樱花赞》等。假设我提出鲁迅、冰心、朱自清、杨朔等作家的作品具有散文的优秀气质，不知会不会有人站出来反对？我想肯定会有的。据我所知，有相当多的一些作者，始终坚持散文的艺术性，而不愿提作品的社会性，似乎一提到社会性就是和政治挂钩。

远离政治，已经成为某些作家的信条。前几年，周作人、林语堂等二十世纪二三十年代的作家突然走红，就是被这类人追捧的结果。以我个人而言，我对散文创作的路数是提倡百花齐放的，风花雪月与金戈铁马都可以成为作家笔下的文字。我们不能说写花鸟鱼虫、衣食住行就题材窄、格局小，就缺少散文的气质。有的作家倒是常把江河万里挂在嘴边，可其文章味同嚼蜡，一点散文的味道都没有，更谈不上散文的气质。

　　我理解的散文的气质，首先是文字的朴素、洁净，如果一篇散文连这一点都做不到，就很难有别的作为了。这就如同我们看到一个衣衫不整的人，他怎么可能有好的气质呢？然后，作品的内容要更多地承载读者所要获取的知识、信息、情感、思想的含量。第三，在写作技巧上，要发掘出生活的亮色，特别是能在所见的人与物中悟出人生的道理和对世界的看法，且能熟练地运用修辞手法和文章的结构方法。第四，文章的意境要高拔出常人的想象与思维，具有超越时代的精神高度。第五，要做到内容和形式的统一，其内外气场要打通，要浑然一体，有霸王神弓那种气派。有了这些，还不够，一篇好的散文必须与社会相结合，要得到广大读者的认同与共鸣。这个社会的认同，光是一时的认同还不行，它还必须是超越时代的，像我们读《岳阳楼记》那样，要能产生"先天下之忧而忧，后天下之乐而乐"那样的人生思想境界，这才算真正地具有了散文的气质。

　　散文的气质是不可确定的，不同的作家创作了不同的作品，其气质也是不尽相同的。气质是最让人捉摸不定的东西，它像风又像雨，很难用数字去量化。大凡这种捉摸不定的东西，恰恰是审美不可回避的问题。艺术的美是感悟出来的，即我们常说的艺术就是感觉。在这里，我们也可以把散文的气质说成散文的气象，气象可以是眼前的，也可以是未来的。我喜欢"气象万千"这个成语，它如果作用于散文，那就是散文是可以多样的。一篇优秀的散文一定有着不同寻常的气质，拥有了这个气质，你就能鹤立鸡群，就能羊群里出骆驼。

（作者系中国散文学会常务副会长）

目　录

第一辑　行走的怀念

蓝色玻璃罐

在我家的壁柜上，摆放着一只二十世纪五十年代生产的蓝色玻璃罐，她虽然不够精致，却圆润醇厚和婉通达，就像一位意志不灭的老者，驻足于岁月的岸头，即便饱经沧桑背曲腰弯，目光中依然能寻出一种坚定来。

从我出生时，蓝色玻璃罐就走进了我的世界。那时，母亲常用蓝色玻璃罐装白糖。白糖很金贵，像雪一样绵软，在蓝色玻璃罐中紧密地抱成了一个团。蓝色玻璃罐与家里那古朴憨厚的老座钟一起端坐在柜台的中间位置，成为家里一件比较醒目的摆设。那时，家里还很清贫，全家三代八口人，在同一屋檐下相互支撑共克艰难。母亲很孝顺，平时对祖父祖母的生活起居照料得细致入微。在母亲心中，白糖水是最好的营养品。每天晚饭后，母亲都不忘打开蓝色玻璃罐，用小勺盛上几勺白糖，给祖父祖母冲两碗白糖水，让他们在劳苦的日子里体味一抹甘甜。也就是从那时开始，蓝色玻璃罐就像一个神奇的宝贝，在我幼小的心灵中形成了无限的诱惑。

我渴望蓝色玻璃罐也能赐予我一份甘甜。那天，趁家人不在旁边，我爬上柜子，打开玻璃罐，用小手抓了一把白糖放入口中。真甜啊，这可比雪花好吃多了。正当我津津有味地吃着白糖，母亲打外面走了进来。此时我正趴在柜台上偷吃白糖，母亲惊呆了，见母亲回来，我一慌，一下子从柜子上跌下来，好在柜子离地不高，我只摔疼了屁股。母亲将我抱起来，见我无大碍，这才松了一口气。她收拾好柜子上的蓝色玻璃罐，这才蹲下身抹去我脸上的泪水，严肃地说："这白糖是给爷爷奶奶冲水喝的，我们可不能吃。要是吃了，爷爷奶奶就喝不上白糖水了，那我们就成了坏孩子了。"我似懂非懂地点头。打那时起，无论自己再怎么喜欢吃白糖，也不敢去碰蓝色玻璃罐。我知道，一旦再碰她，我就成了贪嘴的坏孩子。可自己每天睡觉醒来，却还是忍不住看一眼柜台上的蓝色玻璃罐，看那里面的白糖是多了还是少了。

在母亲的百般呵护下，蓝色玻璃罐与全家人平淡无奇地度过了一个又一个春秋。一九九五年冬，我携妻带子到万里之遥的湖北打拼。离家那天，母亲抱着那只蓝色玻璃罐走到我面前："你打小就喜欢她，每天一睁眼就看啊看啊。这次去湖北，妈也没啥送你们的，你们就把这只玻璃罐一同带上吧。不管你们混得咋样，妈都像对待这只玻璃罐一样不嫌弃。"我伸出双手郑重地接过了蓝色玻璃罐。蓝色玻璃罐啊，你就是妈妈的化身，打今天起，我会将你当成我生命中不可分割的一部分，好好照顾你，好好保护你。由于路途远，蓝色玻璃罐不便随身携带。我只好小心将她包在棉被里，与其他行囊一同托运至湖北。在等候行李期间，我心里一直不踏实，唯恐旅途颠簸将蓝色玻璃罐碰坏了。二十多天后，行李终于安全到达汉口火车站。我迫不及待地打开包裹：那只让我日思夜想的蓝色玻璃罐正像婴儿一样，安然地睡在温暖的棉被中。我如释重负，多日以来的担忧一扫而光。

那年，父母去湖北看望我们，见蓝色玻璃罐安稳地摆放在书架上，母亲笑了："我和你爸经常惦记她，怕你们不小心把她弄碎了。还行，你们保护得很好，我也放心了。"说罢，母亲走到书架前，用手轻轻抚摸蓝色玻璃罐："这只玻璃罐是我和你爸爸结婚时的纪念物。现在，我和你爸爸身体都很硬朗，也没啥病，不要挂念我们。要是想我们了，你就看看这只玻璃罐吧，有这只玻璃罐在，我们就在。"我的眼泪流了下来。母亲话中多了一份怅然："你是妈妈的骄傲，可不能懦弱。不管生活多么辛苦多么艰难，你一定要挺直腰板走下去。"我一个劲儿地点着头，眼泪却不争气地肆意流淌。其实，我在心里早已不止一次地答应过母亲：我是一个男人，一定不轻易言输，一定要成熟要坚强。可我现在是怎么了，怎么还这样容易哭啊。泪眼蒙眬中，那蓝色玻璃罐像通人性似的，在书架上静静地打量着我，像是在安慰，更像是在鼓励。

调回家乡后，为了保护好这个物件，在房子装修伊始，我让木匠师傅在客厅的一侧专门为蓝色玻璃罐打了一个壁柜，好让这个宝贝摆放得更加安稳。父母特意从两百多公里外的塔河县来加格达奇帮我照顾装修事宜。那个阶段，我虽然很忙碌，日子却过得很充实。回到家乡，环境固然熟悉，但一切都要重新开始，难免会遇到一些不顺心的事。有时，越是急于解决困难，越是达不到理想的效果。母亲安慰道："万事开头难，能调回来已经不容易了，啥事都不能着急。我和你爸刚结婚时，除了买了这只蓝色玻璃罐外，啥都没有。你现在的日子再艰难，也比我们那时候强许多，会好的，一切都会好的。"说罢，母亲走到壁柜前，自信地看着那只蓝色玻璃罐，目光中充满希望。正像母亲说的那样，一切都会好的，一切也终将好起来的。渐渐地，一切真的开始好起来了，原有的难题也逐步被破解。到了不惑之年，我的生活平淡而安逸。宁静中，壁柜里的蓝色玻璃罐安分守己从容淡定。在冗长的日子里，她俨然成为家中的吉祥物和幸运神，时刻庇佑着我们全家从幸福走向新的幸福，从安康走向新的安康。

母亲突然辞世后，我撕心裂肺痛苦不堪。见我日益憔悴，亲人和朋友多次劝慰。妻子说："你这样下去，咱妈在天有灵也不会安稳的。"恍惚之中，我的眼光碰到了壁柜上的蓝色玻璃罐。蓝色玻璃罐正默默地注视着我，像是在嗔怪更像是在爱怜。我走到壁柜前，用手慢慢地慢慢地抚摸着蓝色玻璃罐。蓝色玻璃罐罐体像我刚刚流泪的脸，居然有些潮湿。我手一颤，惊呼道："玻璃罐哭了，玻璃罐哭了。"说完，身子一斜倒了下去。梦中，蓝色玻璃罐变成了母亲。她轻轻用手梳着我的头发，目光亲切而慈祥："你都有白头发了，咋还像个孩子似的？你再这样折磨自己，妈怎能放心啊！"我想告诉母亲，说自己很自责，没能履行好一个儿子应该履行的责任，没来得及尽什么孝，没来得及向她好好唠唠自己的心里话，更舍不得她这么早就离开人世……可任凭怎样去哭诉去呼喊，自己就是张不开嘴。一着急，我醒了过来。此时，妻子和天杰正坐在床前守护着我。见我醒了，妻子和天杰都松了一口气。见他们满眼是泪，我心如刀绞。我太不坚强了，让逝者不安，让生者难过，真是愚蠢至极。我是一个男人，我是一家之主，我应该站直身体从悲伤中尽快走出来。

很久以前，蓝色玻璃罐里有母亲的希望，这个希望让全家和美融洽，顺意吉祥。如今，这个蓝色玻璃罐又承载着我的梦想。这个梦想让全家生活平淡自如，幸福悠长。自打她走入我的世界后，蓝色玻璃罐始终端端正正，大大方方，用一种色彩一种风格书写着最为本分也最为本色的文字，表达自己无华的思想和丰富的内涵。她包容，对所有的不如意从不怨天尤人自卑自怜；她清婉，处世间却不染尘埃，透彻而干净；她仁厚，不求索取和回报，不管何时何地，都释放一道希望的光芒。

那天，妻子清理厨房，不小心碰碎了一只糖罐。看到撒落一地的白糖，我恍如回到了偷吃白糖的童年。妻子说："发啥愣啊，赶紧帮收拾一下，可别扎了脚。"我没去拿笤帚，却急忙走到客厅里的壁柜前，此时，那只蓝色玻璃罐正安然地端坐在上面，我一下子笑了起来，所有的轻松都写在了脸上。

行走的怀念

长长的汽笛声像一把利剑在沉沉的夜色中划了一道口子后，K7050次列车就又开始喘着粗气向前继续疾驰。我小心地翻了一下身，把头转过来，下意识地向窗外看了一眼，哦，已过齐齐哈尔了。

这次是我今年第五次去哈尔滨，有的是办私事有的是办公事，当然公私兼顾的也有。办私事当然是自费，公出的自然是公费，而不管是公事还是私事，仅外出的次数就比往年多了。旅途虽然近十二个小时，但都是卧铺，也就没有太多的疲惫了。记得一九八八年第一次坐卧铺时，自己都不知道怎么躺，唯恐躺上去睡着了一翻身就掉下来，于是躺在上面久久不敢入睡，至今想来甚是好笑。二十多年过去了，自己坐了很多次卧铺，有硬卧有软卧，但更多的还是硬卧。上、中、下三个层次的卧铺，层次不同，状态不同，感受也不同，就像人生的三种境遇吧，个中滋味不言而喻。当然，有卧铺总比没卧铺的要好许多，至少不用在硬座车厢里忍受拥挤和脏乱差了。于是，每一次乘车都心满意足，心也安然意也安然。

人在旅途，睡不着的时候，总是浮想联翩，任万千思绪跟着火车一起向前涌动。窗外闪过一片灯火，火车又穿过一座小城，火车没停继续向前。望着远去的灯光，自己忽然间萌生一种希冀和一种感动。咦，这感觉好熟悉呀，好像很久以前也有过。是什么时候呢？哦，想起来了，十八年前也就是一九九五年的冬天吧，自己携妻带子去湖北工作时就是这种感觉啊。前程难料，光景未知，去陌生的地方与陌生的人们在一个环境下工作，对于我真的是最陌生不过的了。我至今都很纳闷，当时只有两岁不到的天杰居然在整个旅途上没有哭过一声，任凭中间换乘三站，只要一睁开眼，这小子清澈的目光就开始好奇地打量着周围的世界。有时候，他躺在卧铺上很久不肯睡去，还时不时地向他妈妈小声地问这问那，直到问累了，才慢慢闭上眼睛酣然而睡。看着熟睡的母子，我感到自己的双肩沉甸甸的，我不能有任何畏缩更不能有任何闪失，我一定要在异乡好好拼搏，为了他们母子，不管困难有多大压力有多大，我也要坚持走下去，一直走下去。一九九九年春节前，领着妻儿一同回北方探亲，我终于如释重负。天杰大了几岁，能领着走路了，我和他妈妈不需再背着他抱着他了，而这时的我也从企业考到当地的税务机关工作两年多了，虽然现实中有这样或那样的不尽人意和曲折，但总的还是朝着好的方向发展着。我总算在第一次回乡探亲时向父母交了一份满意的答卷。

汽笛再次响起时，东方已开始露出一抹鱼肚白。我翻过身来，对面卧铺上的小伙子沉睡中含糊不清地说着梦话，我闭上眼睛，脸上闪过微笑。年轻真好，年轻的烦恼也是一种幸福，有人理解有人疼爱，可以在母亲的膝前撒娇，多好。唉，母亲，我又想起了您，我不是一个孝子，您没借上我的什么力，我没给您尽上多少孝，却让您时常操心时常牵挂。您给予儿子的恩情如山一样高如海一样深，而我却未能及时给您回报，您就撒下我们匆匆而去，叫我们怎能不伤怀？一九九九年春，应该是我人生中最为幸福的时期。父母跟随我们去湖北，在那里待了近三个月。

那个时间，我和妻子还有天杰，每天都沉浸在三代同堂幸福和美的生活中。一到双休日，我们就合家外出，岳阳、荆州等附近景点转了个遍。母亲一向节俭，每每见我们大手大脚花钱就看不惯，她是过惯了苦日子，容不得儿子们一丝一毫的浪费。母亲在我们这里，心却时常牵挂着北方。她牵挂的方式很特别，不直接说，而是说家里的花儿也没人浇水了，是不是干死了呢？她哪是惦记花儿啊，她分明是牵挂另外的几个儿子、几个孙子和孙女啊。我担心母亲经常给北方打电话，打来打去就忍不住张罗回家，就骗母亲说，电话没有办理长途业务，打不了长途电话。母亲笑了："我昨天还给你大哥打了一个电话呢。"我一听知道这个办法不灵了，就说："现在电话费可贵了，打一次至少要花几十元钱。"母亲一听急了："哎呀，这么贵呀，我这些天可打了好几次，看来要花上不少电话费呢。啧啧，可不能再打了，太浪费了！"我窃喜，这下母亲肯定不会再打了，我以为这样控制住母亲打电话，就能控制住她的思乡之情她的牵挂之情，可我还是错了。

眼看就要五一长假了，本来想张罗去长沙玩玩，可母亲却开始张罗着回北方。我急了："你们刚来几天啊，就这样急着往回走，四千多公里也不是近道啊。"可母亲仍然坚持回去，我有些急了，想再说什么，父亲在一旁道："我和你妈到这里也没少待了，看你们一切都很好，我们很放心，也该回去了。"我对父母着急返乡很不理解。按照常理，往返四千多公里探亲，不说待上十年八年，怎么也得待个三年两载吧。我真有些生气了，不再理会母亲。妻子很无奈，只好帮着母亲收拾东西，随后又陪父母上街，给他们各自都重新配了副老花镜，还给他们买了一对手表以示纪念。父亲很喜欢新买的手表，随手将自己戴了多年的"老上海"摘了下来递给我，让我留个念想儿。这块表在我手中一直保存到二〇一二年夏，才完璧归赵送还给在山东即墨（现山东省青岛市即墨区）安度晚年的父亲。

"五一"长假的第二天，我和妻子领着天杰一起送父母去武汉转乘火车回哈尔滨。我们生活在湖北的那个县级市离武汉有近四个小时的路程，一道上，母亲眼睛一直看着窗外的景象不说一句话。我知道母亲心里难受，她也舍不得离开我们啊。在送父母登上火车的一刻，母亲终于忍不住地流下了眼泪。她拉着天杰一个劲儿地亲着，边亲边说："宝贝儿，奶奶要走了，你可要好好学习啊，听爸爸妈妈的话，做个乖孩子。"我和妻子都背过身，一起擦着眼泪。母亲，你怎么就走了，母亲，你走了，我该多想你啊。我终于哭出了声。

　　"换票了，换票了。"乘务员在喊，我醒了过来，天已大亮。车厢里，人们都在抓紧洗漱整理行李。汽笛声声，火车速度更快了，前方不远处，就是北方名城哈尔滨。

伤途是首悲歌

人在世上走，总有一段或几段伤神、伤心、伤身、伤感、伤痛之路，我们姑且把这样的路叫作伤途。

伤途是一位不速之客。祖母去世时，我才六岁。我不知道祖母要去哪里、要去做什么，只是突生一种恐惧，像屋外的乡村暮霭缓慢地升腾起来一样。父辈们抬着红色棺材沉重地向村外走去，我则在后面不知所措地跟随着。我知道那个红色棺木里有我的祖母，她已经睡着了。大人们一路哭泣，我则一路号啕。渐渐地，我跟不上大人们的队伍了，渐渐地，我停下了脚步。我终于知道，大人们抬着棺材要去离村不远处的坟地里安葬祖母，但我不知道，到了坟地里祖母会不会被摇醒。懵懵懂懂中我忽然意识到，祖母不会再为我缝补衣服了，不会再陪我游戏了，不会在我哭泣时把我抱起来哄着我，给我找来好吃的食物或再给我讲抗联打鬼子的故事了。我不能跟着大人们送祖母了，不是我累了，而是我怕了。怕祖母生气，又嗔怪我脾气犟没能听她的话。祖母总是期望我做一个乖孩子的，她经常告诫我不要惹大人们生气。我坐在村西头的老杨树下，用手抹着眼泪，希望大人们把祖母摇醒，希望有一种奇迹发生。一阵风掠过，叶子落下来，我却在老杨树下睡着了。

　　祖父走时，是我扛的灵幡。我已长大，已参加了工作。祖父有着骄傲的经历，虽然很短暂，但是他骄傲了一辈子。若不是因为被马摔伤，祖父一定是一名出色的抗联战士，也定会在赵尚志麾下驰骋战场、为国尽忠。抗联战士的经历很短，短得都没有太多值得回忆的。可是，就是这样一个简短的经历，却成了祖父心中挥之不去的伤痛。我知道，祖父心底有很多话要说，可是又无法向人表述。随着年岁的增大，祖父眼里的伤感尤为突出。秋色正浓，祖父已老。秋季里，祖父总是站在院中央，呆呆地注视着天空中远去的大雁，直到日落黄昏。我知道，祖父又在想过去的事情，又在自责因摔伤没有跟上抗联队伍，因摔伤没有保护好他的赵司令。祖父走得很安详，也很坦然。他的几个孙子都长大了，都不会像小时候那样不懂事地去惹他生气了。出殡的车队很长很长。我站在灵柩车上，眼泪随着风向身后挥洒着。在这短短的路上为祖父送行，我感觉用了很长很长的时间。祖父走完了一生，也告别了他的伤途。在他离开的一瞬间，我也踏上了一段伤途。我不希望自己就这样和祖父告别，我不希望祖父就这样离开。真的，这段伤途，已把我和祖父永远地隔绝开来。

　　伤途是一种撕心裂肺的痛。母亲去世时才六十六岁。在我心里，我最接受不了的，就是母亲突然离去的残酷现实。我不算是孝子。孝子应该时刻留在父母身边尽孝，应该把岁月中的很多时光花在父母身上。这一点，我没做到。当然，这些并非我所愿，可我难以原谅自己。子欲养而亲不待，那种撕心裂肺的痛苦，其实就是在自己想为亲人尽孝、尽力、尽责之时，她却不在了。这种痛，一般时候是显现不出来的。当你在梦中突然醒来，再想寻一下自己的亲人，她却已在另一个世界，无论你如何努力，却再也见不到她了。只有在梦里，才有可能与母亲相见。生死两茫茫，无法相见、无法对话，就这样和母亲分别了，永远地分别了。没来得及为母亲尽孝，没来得及为母亲赢得多少自豪，就这样和母亲分别了。先是祖母、祖父，现在是母亲，在短暂的途程上，怀念亲人的伤痛时刻侵蚀着我的五脏六腑。伤途除了给我们带来疼痛外，还有许多无奈。我知道生死是一种必然，但真的，真的啊，我希望我的尊长们活得长一些再长一些，至少，在我心底能承受得了的年龄再离我而去。

刚上小学时，总惦记着早点放学。除了肚子饿外，还有个原因，就是想和母亲去姥姥家寻好吃的。一次放学回家，得知母亲刚刚领着年幼的弟弟去了姥姥家，我连书包都没放下，就哭喊着跑出了家门，顺着青纱帐中的毛毛道儿向姥姥家一路奔跑。深不可测的青纱帐未能阻止我前行，相反促使我越跑越快。就这样，我一路奔跑到了姥姥家。此时母亲领着弟弟也刚刚到姥姥家，看我跑进院子，母亲一下子就惊呆了。我的眼泪和汗水已经把衣服弄湿了。母亲紧紧抱着我，不断地嗔怪："你不怕狼吃了你啊！"我哪里是不怕狼啊，我是没时间怕狼啊。我是用一路奔跑、一路哭喊，走完，哦，是跑完那段至今想来心有余悸的伤途的。那年，我八岁。那次的奔跑，使我深切地明白了一个道理，其实，痛苦和快乐，可以相互转换。只要拥有一种勇气去勇敢地面对，我们一定会换来一种应得的快乐。

伤途是一段打拼之路。走路，对我而言，是很平常的事。我不怕累，我怕出汗。好出汗的毛病大概是在南方那些年落下的。作为一名纯北方人，在陌生的环境下，努力适应着生疏的语言、潮湿闷热的天气以及少援少助的孤单感。但毕竟南方和北方差距较大，最终还是让自己无所适从，时常以汗洗面，直至汗流浃背、汗流不止。回北方后，这个毛病越发明显，成了困扰自己的一大顽症。看了不少中医、西医，最终也没看出个所以然来。汗继续出着，我继续忙碌着。时光在南北交错中飘飞着，一段又一段行程匆忙而过，不带任何痕迹。没有嘶鸣、没有喧嚣、没有激荡。在奔波中，在忙碌中，一路浩荡，一路悲壮。在这决定自己命运的伤途上，我为生存而忙，为尊严而忙，更为实现自身价值而忙。我的汗水流在伤途上，伤途就成了一条永不休止的河流。

人到中年，走路少了些风风火火，多了些瞻前顾后。儿子很小时，领他上街，看着他摇摇摆摆的样子，总盼他能快些走。如今，看着个子比我高许多的儿子在前面大步流星的样子，却情不自禁地喊他走慢些。可话刚出口，自己却怔住了。快点、慢点，只短暂的几页台历纸的翻过，就已迥然。我原来不知道自己的步子是什么样的，也没注意自己走路别人有什么感受。早年，母亲曾经提醒过我走路不要着急忙慌。那时候，自己只道是一种习惯，一种性格使然。在异乡拼搏的那些年，自己每每走在路上，虽然心里发虚，但脚步还是不敢放慢一丝一毫。那时，自己只希望，步子大一点总比踟蹰不前要好一些。就这样，我从北到南又从南到北，走了无数一小步，才换得了令人惊异且自己都感觉恍如梦中的一大步。

梦里，风向天上刮着，云向远方飘着。风云一过，一条路途就不见了，而我依然在梦中徘徊。我不会以忧伤来掩饰忧伤的，更不会回避曾经走过的每一段伤途。伤途是任何人都无法回避的，走到最后，我们的尊长都要先我们而去。但我们真的希望，我们陪着自己的亲人，尽量把这伤途的历程缩短一些，再短一些。任凭我怎样去排泄去转移自己的注意力，但最终还是无济于事。随着岁月的旋转，我越发变得多愁善感起来。你说对了，感慨、感伤是一个人起码的权利。倘若一个人连感慨、感伤都没有权利的话，那才是最悲哀的。那次，梦见自己领着幼小的天杰玩耍，正开心时，却一下子就醒了，醒后自己惆怅不已难以入睡。此时此刻，十五岁的儿子正在离家三公里外的实验中学念高中呢。每周末，儿子才能回家一次，一次不到五个小时。儿子小时候可爱的模样已牢牢地定格在记忆中，无论他长多大，我总还是忘不了那时候儿子可爱的模样。一段伤途，需要用很多坚强才能走下去。人总是要长大，人总是要变老。

伤途上生老病死，伤途上聚散离合。我们可以拒绝一次外出的邀约，却难以拒绝一生的行程。伤途是生命之途中一种旋律，伤途是你我共同面对的悲歌。不论你是否承认，伤途注定要成为一个人一生中无法回避的课题。

包一顿迎春饺子

为了能包上这顿有梦的迎春饺子，我扛着一捆希望向家园飞奔。

与其说向家园飞奔，倒不如说我急于与新春拥抱。在喜悦的瞬间，我却有一丝忧伤。小时候吃母亲的饺子是一种享受。每年的春节，母亲都由着我的性子，细致地为我包素馅饺子，在包素馅饺子上，母亲从未对付过。最后一次吃母亲的饺子，是二〇〇七年春节回两百多公里外的塔河。低着头吃着母亲包的饺子，吃着吃着，总感觉到哪里不对劲儿，细细一品，原来是饺子馅儿不如原来精细了。刚想说出来，抬头却见母亲正慈爱地看着我。我心一热，佯装津津有味的样子，继续吃着。母亲显得很苍老，却依旧不失一种期待。看着我吃着她包的饺子，母亲一定很知足。想到这，我掩饰着不安和难过，哽咽地说了一句："妈，明年春节时，我负责剁饺子馅儿。"可是，当我再想吃母亲包的饺子时，母亲已永远地离开了这个世界。

风在我耳边掠过，鸟儿在我身后惊鸣。我失去了母亲，让我在漫长的跋涉中多了一份撕心裂肺的疼痛。母亲不在了，我包饺子少了许多快乐，为了不使自己失魂落魄，为了能坚强地度过母亲辞世后的第一个春节，我尽量埋藏着心中的伤痛，坚持不让泪水流出，默默地陪着妻子和面、擀皮，提前细心地包着这顿富有特殊意义的饺子，这顿饱含我与妻子、儿子对未来所持有的憧憬和美梦的迎春饺子。为了新春的到来，我在岁月的山梁上，一路风尘执着跋涉。母亲走后，我心力交瘁，精神疲惫不堪。在就要拥抱新春的一瞬间，已步入中年的我，还有什么需要再回首的呢？如果说有，那么除了记忆，我想，就是这顿使我振作起来、增添信心的新春饺子。

妻子说，她最喜欢一年中包这顿饺子。我说，那我就陪你包吧。为了这顿不可或缺的岁月之宴，我打起精神，和妻子一起提前准备起来。我知道，与新春相约，没有这顿美好的饺子，是难以想象的。我也知道，为了包好这顿饺子，在母亲去世后，我的心已休养两百多天；为了这顿饺子，我翻散了一本台历，早晚洗了两次脸，在心中酝酿了上中下三种品尝方案，备好了春夏秋冬四套衣衫。我寄希望于自己在新春的脚步声临近时成为一个坚强的旅者，在一浪高过一浪的追忆中，把自己武装成一个坚毅的精神巨人。我和妻子不怕累，起早贪黑，精心准备，细致安排，我们希望这顿有梦的饺子在母亲辞世后，给我们带来一份安慰，一份吉祥。我问妻子，包饺子时你想到了什么？是期盼还是怀旧？是云，是月，还是光阴中的每一束芬芳？妻子说，包饺子时心中就多了许多梦。

为了实现一次圆满，在赶往新春的途程上，我学会了浅吟低唱，学会了拥抱与飞奔。我知道，即使我把脚步放慢下来，新春的日子还是会离我越来越近的，越是这样，我越发感到有些紧张。一年又一年，一页又一页，我除了多掉下几根头发外，多添几丝疲惫外，还会丢下许多难忘的时光。我知道自己为何喜欢期盼，倘若心中没有梦，我不会执着得义无反顾。我的文字始终陪伴着自己，每一次醒来，梦都很潮湿。晨钟、鸡鸣、薄雾、阳光、瑞雪、楼宇、街道、时尚，我就这样在一次次的匆忙中清点着，似乎很多，似乎要我遗漏下什么。我知道，自己就像一个猎人，在蹚过流失的河流后依然不会放弃原有的猎物。虽然猎物只是一种飘忽不定的虚幻，但为了让梦不流失不冰冷，我依然执着地追赶着。即使有些跌跌撞撞，有些步履蹒跚，但我不踟蹰，更不彷徨。

　　我和妻子，用爱更用心擀着饺子皮儿，用我们共同的梦搅拌成丰盛的馅儿。我们希望，这顿饺子会给我们带来美梦。在旧岁将逝、新春将来的这短短的几天里，我们一起包着迎春饺子，包着包着，我们共同的梦就不知不觉地融入到了新春的第一缕晨晖中。

又是蟹爪兰花开时

雪花飘落时，蟹爪兰又开花了。

五年前搬新居时，母亲从两百多公里外的小县城捎来这盆普通得不能再普通的蟹爪兰，说它能给我带来好运。原以为这是一盆不起眼的花儿，自然不会使自己分心太多，只念这是母亲想给儿子的新宅增添些喜气罢了，就没太多在意于它。

人与所爱之花自然有相通之处。母亲的品格就像这蟹爪兰一样，普普通通，淳朴善良，真诚简单。母亲养育四个儿子，远比养花辛苦得多。她对儿子们呕心沥血，呵护得细致入微，直到儿子们都成家立业，还一一操心挂念。我打小就知道，母亲很想有个女儿，盼来盼去却等来四个儿子，只好狠心放弃了原有目标。也就是从这时候起，母亲学起了养花。与其说母亲养花，倒不如说母亲在表达一种心灵深处的企盼。母亲说，这花儿就像闺女一样善解人意。当然，随着母亲养花时间的推移，我们兄弟几个也都渐渐长大。起初，我对母亲养花很好奇，也很羡慕。可慢慢地，我发现母亲对养花的学问知之甚少，除了知道浇水以外，再无新招。家里的几盆花儿，也没有养得好到哪里去。看母亲边操持繁重家务边浪费精力去养花儿，我就劝阻母亲不要再浪费精力，有时间多休息休息。可母亲还是很固执地把花儿养了下去，直到迎来一片春光一片希望。

记忆中，这盆叫蟹爪兰的花儿是母亲省吃俭用花掉原打算买一副老花镜的钱买回家的。母亲虽然没戴上老花镜，却很喜欢看这盆蟹爪兰。她每次欣赏着蟹爪兰，都充满着无限的爱怜。渐渐地，我发现蟹爪兰已经成为母亲心中的明珠。我问母亲，这花儿为什么叫蟹爪兰？母亲说，大概因为它的茎叶成节成片，很像蟹足，才叫了这个不太雅致的名字。看我不在意的样子，母亲又将刚学来的知识介绍道：蟹爪兰是仙人掌科的花儿，西方人见这种花儿刚好在每年圣诞节期间开放，就叫它"圣诞仙人掌"。想着蟹爪兰，看着蟹爪兰，我还是猜不出母亲喜欢它的原因。那年冬天，蟹爪兰第一次开花，我一下子被它那绰约的风姿深深吸引。看我突然喜爱起蟹爪兰，母亲却嗔怪起来："一个男人，不要过多喜欢花草，看一看就行了，不可迷恋过多。"见我不好意思，母亲又说："花草跟人似的，也有灵性。只要你善待它，它就会真心回报你。"二〇〇二年的冬天，我尚在南方工作。母亲来电话告诉我，蟹爪兰开了很多花，兆头很好。我知道母亲一直盼我能调回家乡，就安慰母亲说，自己调转的事儿一定会成功的，否则蟹爪兰不会开得这么鲜艳。我知道，善良的母亲有时候很信这个。停顿了一下，母亲忽然问我："你那里有没有蟹爪兰花儿？要没有的话，下次探亲回来就干脆把它带到你那里去吧。"

蟹爪兰也确是一种吉祥的花儿。二〇〇三年，当这盆又名"锦上添花"的蟹爪兰再次开放时，我终于从南方调回了家乡。母亲对蟹爪兰关爱有加，几乎到了一种痴迷程度。可当我从南方调回家乡，母亲还是把心爱的蟹爪兰送给了我，其中的寓意不言自明。多少个日日夜夜，母亲对我的牵挂，只有与她相依相伴的蟹爪兰知道。母亲如愿以偿，蟹爪兰又成为母亲对我人生新起点最好的祝福和期盼。对于如何莳弄如何养育蟹爪兰，我知之甚少，加之忙于工作，对蟹爪兰渐渐少了一些热情。母亲也担心我会有此疏忽，故每次打电话都不厌其烦地反复提醒和叮嘱我，别忘记给蟹爪兰浇水松土。去年夏天，母亲来我这里，一进门，眼睛不看别的，直盯摆放在窗台上的蟹爪兰，见蟹爪兰没精打采、带死不活的，母亲就一个劲儿地埋怨我："像你这样三天打鱼两天晒网似的养花，花儿就会对你失去信心。"也许出于对蟹爪兰调养的考虑，母亲一改来去匆忙的习惯，在我这儿安心待了半个多月。这期间，母亲给蟹爪兰松了土加了肥还隔三岔五地给它喷水洗尘，细心照料耐心看管，犹如抚养她的孩子们一般。蟹爪兰开始生机勃勃，母亲才心满意足地离开。可谁知道，这一离开，竟然是她与蟹爪兰的诀别。

去年冬天，蟹爪兰隆重地开了半个月的花儿。我兴奋地给母亲挂电话，告诉她蟹爪兰开花了，开得很吉祥，希望母亲能来看一看。母亲在电话那端孩子般地笑了："等明年秋天去你那儿住上一阵子，我再给它换一下土，保准它开得比现在还旺。"我信以为真，想到母亲下次来又能住些天，顿时高兴起来。欣喜之余，自己当日给蟹爪兰花拍了许多数码照片。我想，下次母亲来一定要让她老人家好好看看这些照片，好让母亲再多些快乐。可是，花欲开而春不在。在蟹爪兰尚未绽放的春天，母亲突然离世，让蟹爪兰无限伤感。蟹爪兰垂泪，我心呜咽。母亲悄悄地走了，带着对蟹爪兰的憧憬永远地走了。母亲是平凡的，她没有给儿子们留下丰厚的物质财富，却留下了这盆宝贵的蟹爪兰，让它成为我整个精神世界中弥足珍贵的财富。母亲生前经常说，前人总要给后人留下个念想儿，做人不仅要为自己去做，更要为后代立个榜样。母亲是这样说的，也是这样做的，她用短暂的一生诠释了现实社会中最容易被忽略的道理：人与花一样，其价值不在于尊卑，而在于品格。

母亲走了，蟹爪兰依在。母亲去世百天后，我给这盆蟹爪兰换了一个大花盆，又换了新土。这不仅是自己对蟹爪兰的珍惜，更是对母亲的缅怀。子不嫌母丑，花儿也不嫌家寒。凝结着母亲心血与情怀的蟹爪兰，定会不断地给予我心智和情操上的陶冶。不知不觉，我与蟹爪兰之间有了一种默契一份依赖。我一改原来的不良习惯，工作再忙也要按时给蟹爪兰浇水松土，对它倍加关爱。渐渐地，我发现蟹爪兰也在展现着母亲身上所特有的美德。它不做作不矫情，朴素无华，典雅大方。它既重于色彩、重于姿态，又重于馨香和品格。含苞待放时，它平静祥和，不卑不亢；待到盛开之日，它气定神凝，低调绽放。蟹爪兰花如期绽放，我的心在隐隐作痛。泪眼蒙眬中，我仿佛又看见母亲正慈爱地望着我，望着那清新艳丽的蟹爪兰。我精神为之一振，蟹爪兰需要我，需要我来传承母亲特有的美德。我不能再伤感了，我要振作起来，要让蟹爪兰好好地生长下去，每年都开出灿烂的花儿，让母亲在天之灵得到更多更好的安慰。我知道，不管今后遇到何种困难、何种考验，只要蟹爪兰在，我的心中就能留住一种坚强。

　　窗外，风雪弥漫；窗内，蟹爪兰次第芬芳。

墓碑前的山杜鹃

大兴安岭有一种花，每年四五月，就会漫山遍野如火如荼地绽放。这种花，学名叫山杜鹃。母亲生前很喜欢这种花。那些年，每到这个时节，家里总能见到母亲采来的几束盛开的山杜鹃。

山杜鹃只在春天才绽放。未绽放时，她自觉隐没于森林草木之间，平凡得不能再平凡。在她绽放的日子里，整个大兴安岭都弥漫着醉人的气息。这气息清新自然，沁人心脾。母亲为人朴实善良，平和厚道。她不奢求自己的孩子发达富贵，却时常教育我们做一个有德行和操守的人。所以，在她生前最引以为自豪的是几个儿子虽没有大富大贵，却都干干净净、清清白白，经得起推敲。在短暂的一生，母亲不求享乐，为全家无怨无悔地付出了大量的心血。从我童年时油灯下专注纳鞋底的目光，到她怀抱着小孙子那慈爱的面容，无不体现出母亲勤劳质朴的美德。

山杜鹃不畏风寒，也不向大自然索取过多的养分。生长中，她不企求在草木间显耀芳菲，更不奢望在天地间获得眷顾，只要一次无悔的绽放，她的魅力就释放得淋漓尽致。母亲把四个儿子培养成人后，又毫无怨言地帮着儿子们照看起下一代。从我大哥的两个女儿，到四弟的双胞胎，母亲都为下一代的孩子们付出了辛勤的汗水。每当我们兄弟给她拿钱，她都一概拒绝，她总说："你们用钱的地方都很多，还是把钱用在刀刃上吧。"母亲生前很少给自己买什么东西，更舍不得乱花钱。那年我出差时给母亲买了一件外衣，母亲高兴了好些天，穿了几次后，就把这件外衣放到衣柜里，再也不轻易穿出来。在清理母亲的遗物时，我发现那件外衣安静地挂在衣柜里，崭新如初，没有丝毫的褪色。就像母亲的音容笑貌，那样鲜活，那样亲切。我曾多次劝母亲，让她不要再操心孙儿孙女们的事情，能放开就放开吧。母亲嗔怪道："你们兄弟几个也是由我这么带过来的。我现在还能动弹，能帮一把就帮一把，总不能看你们忙不过来不管吧？"母亲把几个孙女和孙儿拉扯大了，却没来得及得到回报。她走得是那样干净利落、了无遗憾，让我们伤怀。这伤怀久久不能散去，一直浸到心底，弥漫到梦中。

山杜鹃是一种朴素的花儿。她不艳羡千姿百态的雍容华贵，也不礼拜姹紫嫣红的娇艳妩媚。只要春风拂过，她就会把所有的能量和美都释放出来，还大自然一派生机、一团锦簇。山杜鹃又是一种亲情无限的花儿，从含苞待放，到吐蕊盛开，她都紧密地相互团结着、搀扶着、拥抱着。她安于一片宁静、一种祥和，对一枝一叶都关怀备至、不离不弃。儿行千里母担忧。母亲说不让我回去探亲，其实在她心灵深处无时无刻不牵挂着我，希望我早点回到她的身边。那段岁月，母亲经常为我祈祷，希望我不再继续漂泊，早日回到故乡，回到她的身旁。在母亲的祝福和期盼中，我从数千公里外的湖北调回离家乡仅两百余公里的加格达奇工作。多年的在外打拼，没来得及照料父母，这次回到家乡总算能尽点儿孝了，我开始憧憬着与父母同住在一起生活。可母亲却给我泼了一瓢冷水："反正都在一个地区了，离得又不算远，花几个小时就可以到你那里，啥时候想让我们来，我和你爸啥时候来就是。"我知道，母亲与其说舍不得县城里的那个家，倒不如说放不下县城里其他的几个儿子。每次来我这里，母亲都是匆匆忙忙，都先给我吹吹风："看到你这里都很好，我就放心了。我待几天就得回去，来时忘记给家里的花儿浇水了，可不能把花儿干死。"母亲哪里是怕花儿干枯，她是心里有一种牵挂啊。

山杜鹃的美稍纵即逝。她不会给你过多的时间去欣赏，更不会延长她的生命周期。母亲去世时，正值大兴安岭的山杜鹃竞相怒放。母亲走得很突然，是那种让所有亲人都没有思想准备的离去。母亲去世前一周，她和我通了最后一次电话。母亲除了说一些诸如"每天早点儿睡，一定要吃早饭，白天工作再忙也要多注意运动；对孩子管得不要太严，毕竟孩子年龄还小，别因学习累坏了"等话后，语气忽然变得有些沉重："你每一样都没有让妈操心，妈知道你这些年闯荡得很辛苦。妈想多帮你，可你又不在妈身边。不是妈不想去你那里享清福，是妈放不下家里的这些活儿，你不要怪妈。只有你们都过好了，妈才真正放心了。"这是我和母亲的最后一次通话，最后一次手握话筒听母亲絮絮叨叨说东道西，听母亲不厌其烦地百般叮咛。我知道母亲有很多话要对我说，有很多事儿要嘱咐和提醒。"世界上没有什么后悔药可买"，这是母亲生前说过的一句话。细品这句话，自己除了扼腕叹息以外，还会有别的吗？假若时光可以倒流，我会紧紧地攥住母亲的手，一时一刻也不离开她的左右。我要始终耐心倾听母亲的每一句话，我要细心地向母亲介绍每一件事、每一个想法，不留任何遗憾。可如今，母亲不在了，真的不在了。无论阳光怎样照耀我，我的泪水都不停地在心里肆意流淌。

跪在母亲的墓碑前，任凭清风掠过耳畔，我的哀思依旧在林密草深的坡上蔓延。我真想在母亲的墓碑前静静地躺一会儿，就像小时候躺在母亲的怀抱里，恬静地、安稳地、幸福地入睡。妈妈，您的儿子来看您了。您看，我采来了大把的您最喜爱的山杜鹃，它们就要开放了，就要把生命中最灿烂的花朵呈现给您。九泉之下，您一定会含笑的，心里也一定会更加敞亮。泪眼蒙眬中，母亲似乎在向我微笑。我知道，母亲在天有灵，一定在等待着山杜鹃再次绽放……

第二辑　文人的气节

文人的头发

　　文人的头发是一种形象、一种符号，也是自身才艺、创造力和感情特征的标识。在中华五千年文明史上，文人们始终重视自身的仪容仪表，而其头发、发型则成为文人生命中最为显著、最为重要的部分。

　　春秋战国以后，诸子兴起，百家争鸣，社会思潮趋于活跃，文人们的头发亦呈百花齐放之态。年少时，文人们将头发扎成髻，形状像两个羊角，这也就是通称的"总角"，而后渐渐长至成年，大约也就是二十岁吧，文人们就开始扎结头发行冠礼以示成年，男的称"加冠"，女的称"加笄"。因体格还没彻底结实，就有了"弱冠之年"的说法。

　　蓄发后，很多文人就弄出个装饰，即戴冠。这个戴冠可不仅是为了美观，更主要的是为了保护自己的头发。至于当了和尚的文人或者没有头发的文人，就无法戴冠了，这里也不再作为讨论的内容。文人戴的冠可不是什么帽子，它只有冠梁，冠梁不很宽，有褶子，两端连在冠圈上，戴起来就像一根弧形的带子，从前到后覆到头上。冠圈两旁有缨，这是两根小丝带，可以在颌下打结。司马迁《屈原列传》中"新沐者必弹冠"

的"冠"就属这类打扮。

能戴冠的都是有身份的文人或者是富裕的文人，没有身份又很穷的文人只能戴巾。巾为何物？据以说明字义为主的《玉篇》记载："巾，佩巾也，本以拭物，后人著之于头。"由此看来，穷文人一般也就戴巾了。看书看热了，或者写字写热了，穷文人可以将头上的巾摘下来擦一擦汗。看来这个巾有压发定冠作用，也很方便，有身份的和富者也开始戴上了巾，但为了与穷文人区别开，他们就在巾的上面再戴上一个冠，前高后低，中间露出头发。还有一种很简单，就是一种带帽顶的巾，戴这种巾可以不再戴冠。《群英会蒋干中计》中就是这样描写蒋干的："干葛巾布袍，驾一只小舟，径到周瑜寨中。"这个"葛巾"，指的就是这种头巾。汉末，葛巾上下盛行，不仅蒋干这类文人使用，连周瑜、袁绍那些武将也使用，以显示风流文雅。苏轼《念奴娇·赤壁怀古》"羽扇纶巾，谈笑间，樯橹灰飞烟灭"中的"纶巾"就是青丝帛的头巾，这可是周瑜所戴之物啊。

"白头搔更短，浑欲不胜簪。"白发为愁所致，离乱伤痛国破家亡，文人用头发衰老苍白，表达一种忧愁则更增一层悲哀。"君不见高堂明镜悲白发，朝如青丝暮成雪。"李白对着镜子悲叹自己的白发，用夸张的写法，将人生由青春至衰老的全过程说成"朝""暮"间事，感叹时光流逝，生命渺小，具有强烈的表现力。而"白发三千丈，缘愁似个长"又将文人哀愁、思念、悲伤的情绪抒发得淋漓尽致。男文人如此，女文人更甚。"风住尘香花已尽，日晚倦梳头。"头发在李清照的词中同样鲜活有力、入木三分。《武陵春》的开篇，就将女文人在太阳升起很久后还一副披头散发、满脸愁绪与憔悴的样子呈现给读者，可谓鲜活跃然、新颖奇巧、深沉哀婉，堪称绝唱。

"身体发肤，受之父母。"除了外在美，有时，文人们将自己的头发视为一种尊严乃至一种生命。清军入关时，大行"留头不留发，留发不留头"的残酷新政。为了彰显气节，很多文人愤然中走上了弃文从武的道路，以文弱之躯抵御清军入侵。一六四五年，这些文人与南明将领史可法领导的武装力量一道，在扬州城下做最后的抵抗。阴历四月二十五日，清军攻陷扬州，对包括近千名文弱书生在内的十余万抵抗者和普通平民进行疯狂屠杀。后有文人幸存者王秀楚所著的《扬州十日记》，就真实地记载了这一血雨腥风的历史瞬间。

文人的头发很沉重，话题不轻松。回过头说，蓄多长的发，留啥样的型，其实文人自有安排，不需他人指责和干涉。不修边幅的，任由头发疯长，甚至蓬头垢面。好面子讲究的，油头粉面在所不辞。有的写不出文章来，硬是用手扯着拽着自己的头发，要不，就拿着掉下来的几根头发，两眼发呆，感伤不已。文人不适合梳辫子，林徽因、张爱玲、萧红乃至今天的铁凝和迟子建等杰出的女文人除外。从戴冠系巾扎髻到最后又闹出个辫子来，文人的头发经历了一个怎样的过程啊。长发飘飘不梳理也很美，却又闹出个辫子着实不好看。若辫子不小心被弄断了咋办呢？可历史就这么喜欢开玩笑。

"留头不留发，留发不留头"提出后不到三百年，又掀起了一场剪头发运动，并被视为一种政治立场。是时，文人们乃至所有人已习惯了拖着长长的辫子行动坐卧走了，辫子已成为国民的身份特征之一，一旦剪了辫子，那就是背叛了祖宗，就是大逆不道。《阿Q正传》中的未庄钱太爷家的大公子，为了赶时髦剪了辫子，家里顿时哗然，他的母亲大哭了十几场，他的老婆跳了三回井，他的母亲还到处说"这辫子是被坏人灌醉了酒剪去的。本来可以做大官，现在只好等留长再说了"。更足以让赵家羞臊的是，就连阿Q也竟然看他不起，不仅呼赵氏公子为假洋鬼子，还认为"假洋鬼子的老婆会和没有辫子的男人睡觉，吓，不是好东西"。

文人的发型变革及其演变的过程，从一个侧面绝对能反映出人类社会的政治、经济、文化和一个民族的形象水平。看完头发与命相有关联的资料后，好奇之余在网上搜了一些文人们的图片，发现其发型绝大多数属直发，也有一些前卫作家或者少数民族作家属波发、卷发、羊毛状卷发及小螺旋形发等，总的来说多是自然茂盛、浓密黝黑，而花白相间的也不算少，完全秃发和银发的却寥寥无几。那些头发浓密的，也不见得就是保养的结果，或许是人家文思泉涌下笔流畅的缘由呢。而那些头发稀松的，也绝非江郎才尽，那是人家用脑过度、创作过多导致的。

有没有头发、有多少头发、头发粗细、发型如何，其实跟创作成就无关。以前，我总习惯地认为，大凡文人，似乎都该有一头浓密的头发。比如鲁迅，比如余秋雨，他们的头发都十分茂盛，让人羡慕不已也肃然起敬。即便不茂盛，也都说得过去，比如莫言，比如贾平凹，虽然他们的头发不多，却也是大家风范，一眼望去魅力四射。当然，特例也有。文友罗西，才情纵横，年纪不大成就颇丰，然，他却是一副光头相。对此，我也不好问其原因，心想，人家笔耕勤奋忙于创作，哪有时间打理什么发型呢，索性就一酷到底吧。反正，文字美才是真正的美。

文人开心，头发微笑。文人愤怒，那头发就会把帽子顶起来。要不，咋有"怒发冲冠"一说呢。非文人打架你来我往，拳打脚踢，若两个文人打架，多是相互撕扯对方的头发。秀才遇到兵，有理说不清。最惨的是文人与非文人打架，结局不说您也能想象得到。我想，若是如罗西一般的光头文人打架，那只能挠脸薅耳朵了。

自年少时，本人的头发一直很茂盛，发型也很雅致。然而，今年秋季后，自己那引以为自豪的头发忽然不再给力，原有发型也似难稳固。虽然顶部茂盛，两侧却开始稀疏。这不仅使自己郁闷了好些天，也给理发师添了一些难度，他再也不能像原来那样，对我的头发进行大刀阔斧的梳剪了。

不经意间翻出自己三岁时的纪念照，惊讶地发现，那时的发型咋和现在的这般相像呢？

文人的茶杯

文人多品茗，茶杯话人生。

自古文人就与茶杯结缘。文人不一定对品茗有多少研究，但一定要有一盏甚至多盏得心应手的茶杯。我不知道孔子、孟子、荀子，老子、庄子，墨子、韩非子等"子"们，是否真的爱品茗、擅品茗、会品茗，但他们的确离不开品茗用的器具。对，就是那种饮水用的原始青瓷杯。具体形状，"多为椭圆形、浅腹、长沿旁有扁耳"，这似乎是古时候文人们所用茶杯的普遍造型。若不弄个装茶、品茗的器具搁置身边、放置眼前，那他们还怎么能文思泉涌、成就千古文章呢？又怎么能让灿烂辉煌的竹简典藏入阁、汗牛充栋呢？还不早就口渴得江郎才尽、文酸诗涩才怪呢。

其实，同普通人的茶杯相比，文人的茶杯没有什么明显的不同。所不同的是与文人共同享有的身份、身价罢了。文人的品位分高中低，文人的茶杯也要分大与小。用来品乌龙的那种很小的茶杯叫品茗杯，是与闻香杯配合使用的，多为文人们聚会时才拿出来。大的呢，则多为文人们独自品茗用的。就像酒杯也叫酒盏、酒樽、酒盅等一样，茶杯也有几个别名。是叫茶杯、茶盏好呢，还是叫茶碗、茶缸子好呢？一般情况下，文人们是不太愿意计较的。要说计较，那只能是在品茗时应该注重的细节、礼节和小节罢了。而文人们品茗的姿势，一直没有定式。听说，江浙一带的文人每每品茗时，多以碗为主，多为那种左手端着茶杯的托，右手拿起茶盖把茶叶往一边拨一拨，其动作甚为优雅，其茶令人垂涎，而其茶碗呢也多出几分雅致来。

文人的杯子确实要雅致。攀附风雅的文人，自然要注重茶杯的外观与造型。小到花与草，大到龙与凤，一字一文，一雕一刻，无不显示出文人的兴趣、思想、理念、情怀和风格来。有人说，文人对茶杯的欣赏，可比对女人的欣赏。要是碰到一盏自己钟爱的茶杯，文人总是爱不释手，心动不已，即便价格不菲，也定要挥金买下。当然，古今多少文人，与茶杯相邀的热情，最终都小于和红颜厮守的劲头。文人品茗，杯也欣然茶也欣然。在钟情茶杯的同时，也有文人将茶与女人二者联系在一起，遂成"女人好有三比"之说：妻子如白水，情人似醇酒，朋友胜清茶。这种比喻似乎有些嬉戏之意，却也颇为妥帖。白水淡而无味，一生却离不开、少不得；美酒酽酊浓香却多饮不得，过饮则伤身乱性，铸成大错；而清茶可以静气平神，清心养性。

文人有雅量，茶杯有度量。我不知道最早的茶杯高多少、粗几何、口多大，但是，从文人的喜好上看，不管是哪个朝代，在饮酒方面所用器具应该是越大越好；而在品茗方面，茶杯则一定是越小越好。一个饮，一个品，把杯子的度量也就勾勒了出来。屈原的品质人皆共知，咱就不说了，单说他的雅量。有人说屈原心眼小，走极端，爱国就爱国呗，干吗还跳江呢。但我认为，屈原不仅是有气节，更主要的是他有文人本质上的气魄。纵然再高、再粗、再大的茶杯，也无法容纳下他特有的信仰与品格，只好任由汨罗江将他的梦承载千年万载，延绵不绝。

文人遵品，茶杯循道。屈原的品质和遵循的理念，都离不开一个

"道"字。我有一个未曾谋面的朋友，他起了一个很有趣的网名，叫"大道不空"。是啊，真正的大道，其道理和内涵该有多么的广泛而又丰富啊。我没有宣扬老子《道德经》的意思，但真正的道，一定要含有本体、准则、规律、道理、道德之意。所以，一个文人所倡导所遵循的不仅是要有品，更要有道。以茶雅志，以茶立德。所谓文道，自然形成。正如此，文人的"道可道，非可道，名可名，非常名"才能在田园风光之中呈现出诗情画意来。蒙蒙之中，袅袅茶气将文人的品质和道德从茶杯里缓慢萦绕起来。此时此刻，文人的"道"已不再简单地停留在一杯香茗和一卷诗书之中了。

文人们常把人生比喻成品茗，也常将自己与茶杯置身于一种特殊的环境中。明朝文人陆树声在《花寮记》中，讲饮茶的理想环境为凉台、静室、明窗、松风、行吟、清谈、把卷等。唉，文人的矫情，茶杯早知道。是寂寞，是躁动，是奔放，是伤感，是兴奋……文人的茶杯啊，对文人虽然称不上体贴入微，可也是知冷知热。文人孤独失意，茶杯就惆怅落寞；文人春风得意，茶杯就器宇轩昂。悠悠岁月，茶香不绝。茶杯在"文士茶"的道路上所贡献的，除了特有的文化外，还有的，就是内在的道德实践和挥之不去的灵魂。

"从来佳茗似佳人"，文人的茶杯被唐诗宋词渲染得柔情四溢。文人啊，所追求的完美境界和超然心态在茶杯中略见一斑。一杯握在手，江河也风流。茶杯是文人的文化传承，茶杯是文人的思想延伸。文人用杯盛茶，如苍宇载青山绿水；文人与杯相遇，如同自然与万物生灵为伴。文人的茶杯，是采撷天地灵气，挥洒春秋厚韵的最好的器具。文人的一篇好文章，读来，也如上品一般，馨香淡雅，隽永悠远。文人的酸甜苦辣、宠辱兴衰，在茶杯中冲泡、荡涤，最后淡淡飘散，只留万千洒脱于轻松之中。

文人好求胜，茶杯不服输。以"斗茗""茗战"之说的斗茶，萌发于唐，兴盛于宋。那时候，文人们手握茶杯，比技巧、斗输赢，将品茗的形式和社会化活动融入一种很强的胜负色彩中。也正因如此，茶杯在文人们的手中才多了几分趣味性和挑战性。正如文人代表苏东坡《送南屏谦师》诗云："道人晓出南屏山，来试点茶三昧手。忽惊午盏兔毛斑，打作春瓮鹅儿酒。天台乳花世不见，玉川风腋今安有。先生有意续茶经，会使老谦名不朽。"文人斗茶，说白了，斗的就是一种心气、心劲儿，与茶杯关系不大。当然，倘若无茶杯，文人们也只能斗一斗共有的书生之气了。

文人有文人的品质，茶杯也有茶杯的尊卑。紫砂杯、瓷杯、金属杯、玻璃杯、纸杯，等等，无论何种材质，只要经名家一端，茶杯顿时身价倍增。文人的手指在茶杯上轻轻滑动着，茶杯在文人的手中兴奋异常。文人有礼数，茶杯也谦恭。文人相聚，总是一边寒暄、客套，一边托举和把玩着手中的茶杯，或豁然开朗，或若有所思，一并慢慢品来。品茗之中，茶杯所散发的茶香和热气，满屋萦绕，文气不绝。文人泡茶，茶杯标价。文人的表情、表达乃至表演，反映在茶杯上却也不同。风流倜傥者，茶杯亮丽；豪爽直率者，茶杯厚重；优雅大方者，茶杯端庄；故作高深者，茶杯暗淡；虚伪浅薄者，茶杯粗劣……正所谓，金杯、银杯，不如一个好的口碑。对茶杯如此，对文人本身更是如此。

文人因杯而聚，茶则因人而生。品茗茶色，素养四溢，余味缭绕。茶杯所提供的"苦茶""甜茶""回味茶"，令文人们感慨万千，回味无穷。文人宁静致远，茶杯则平淡无奇。在文人的咏叹声中，茶杯所积淀的哲理日渐深厚，为文人褪去俗气、小气、酸气和晦气，聚来秀气、志气、豪气和大气。茶杯任由文人纵横驰骋、豪情万丈，而文人则在杯中汲取到茶的清新，杯的恬静，心的淡然。文人感叹世间万物中的禅意，体会茶杯中蒸腾而出的高洁。盎然之时，文人的一诗一文，都随茶杯中的清香徐徐盘绕，久久不绝。

文至收笔，月光如茶，夜空成杯，而心境在温暖的茶杯中灿若晨星，四溢飘香。

文人的椅子

文人有风雅，椅子不寻常。

文人与椅子结缘久矣。席地而坐，诵《诗经》《论语》是文人之乎者也循规蹈矩的写照；驱车摇扇，布《六韬》《孙子》是文人施展才智辅政治国的象征。无椅则难治学，无椅则难施志。没有哪个文人能一生置椅子而不顾，就文思泉涌、直立案前成就各色诗文的。对古人而言，有时，一轿、一榻、一墩、一驴背，也是椅子。那时的文人喜好椅子，犹如喜好坐骑一般，但他们也知道，一匹好马，一头小毛驴，一顶轿子，其实，都不如坐在书房里那把椅子上安全舒适。

如今，文人的椅子更加丰富更加具体。办公椅、餐椅、圈椅、摇椅、轮椅，等等，不一而足。文人喜欢椅子，其实一点也不比喜欢宝马、奔驰、奥迪、保时捷逊色。一屏显示器再怎么闪烁，也离不开椅子帮衬着去敲打键盘、纵横驰骋。文人的椅子，有时胜于书童、丫鬟、助手、秘书。椅子成就衣食住行，椅子成就功名利禄。有了椅子的鼎力相助，文人的作品才能熠熠生辉，才能大气磅礴。

文人的椅子，与文人的情趣密不可分。什么人玩什么样的鸟，什么样的文人坐什么样的椅子。最高的一种境界是，文人使椅子别具一格，椅子使文人独领风骚。一个文人可以独处，即便没有椅子，也能悠然自得。倘若多个文人在一起，即便再多的椅子，相互坐视也难以坦然。

椅子不搞一视同仁，甚至有些势利。它无时无刻不对文人的水准与身份、文采和品质加以认证，且格外仔细。卑微的文人，椅子也许就是一块草席；显赫的文人，椅子也许就是龙床就是宝座。自古文人所追求的，最终都体现在椅子上。舒服了臀部，荣光了面子。文人的那点儿心思，椅子最熟知。文人喜怒哀乐，椅子从承担的分量上就会有所感知。文人的一气呵成，一挥而就，多半都是椅子在死心塌地地支撑。否则，椅子闹情绪，罢了工，文人非得被摔个鼻青脸肿不可。

朽木不可成为文人的椅子。文人的椅子，始终充满着一种期待和图腾。一竹简一页纸，难以书尽文人的无限情怀，而椅子却能施展浑身解数，对文人体贴入微、关怀备至。文人感谢椅子，感谢椅子给予文人特有的支撑，这种支撑在文人的精神领域中无疑成为一种依赖。所以，纵然隐归山林，文人都不忘携带一把折椅；所以，一旦文人成为国家的栋梁，就会坐在椅子上把更多的抱负融于一腔豪迈中。

椅子也讲行为艺术。对这一点，文人的判断最为准确，也毫不含糊。为文人制作的椅子不仅要美观，更要有其独特的风格。文人不在乎居住条件如何，哪怕是茅屋，他也能与岁月同写沧桑。然，文人的椅子一定要讲求特有的形象。这个形象，不仅体现在一种造型上，更体现在文人心中留存的那抹谁也无法剥夺的自尊。所以，我始终认为，鲁班不仅是一个发明家，也该是一个很浪漫的文人。否则，怎么会有"公输子削竹木以为鹊，成而飞之，三日不下"的记载呢？

文人的椅子品位不一，却都对主人忠心耿耿。从古至今，椅子一丝不苟，任劳任怨，陪文人从卑微走向神圣，从华夏走向世界，"汉灵帝好胡服，景师作胡床"。这胡床就是椅子，是从汉代以后从西域传进来的。孔子的塑像为什么都是站着的呢？因为孔子那时代，人们都是席地而坐，还没有靠椅呢。现在，要是谁硬给孔子塑像增添一把椅子，让其坐在上面，接受全世界最广大人民群众的朝拜，我也不反对。椅子有靠背，胡床并无靠背，形如今天所见的马扎儿。何时有的靠背呢？大约在隋唐期间吧，要不，瓦岗山上的绿林好汉该多累啊。椅子有靠背，大鸟长翅膀，似乎是一种演变，实为一种必然。文人喜好椅子，武者对椅子也钟爱不已。文人武人相互一喜好一钟爱，这带靠背的胡床，索性就变成"交椅"了。不信，你看看那水泊梁山上的好汉们，排名排序不都是以第几把"交椅"来惯称吗？

椅子可完成小学业，也可实现大抱负。如若文人身处清贫、境遇暗淡，那么，他的椅子定会落落寡合，无限苍凉。话说回来，真正能成就丰功伟绩、声名显赫的文人毕竟凤毛麟角。纵观历史，能坐到龙椅上的文人又有几人呢？所以，对椅子来说，不能以材质优劣论贵贱；对于文人而言，不能以地位高低论尊卑。清贫文人的椅子，是没谁去争去夺的，而一旦文人的椅子与名利、地位挂钩，那么，就连一个目不识丁的草包都想去争去坐。一把好椅子，要周正得体，舒适耐坐；一个好文人，要志存高远，品端德正。秦桧的太师椅再华丽，也无法掩盖其卖国求荣、残害忠良的恶行。好的文章，好的品行，其实就是文人最好的椅子。

椅子是文人不朽的梦。屈原榻席写《离骚》，李白醉椅《忆秦娥》，苏东坡扶椅《定风波》……椅子上，文人的一倚一靠在瞬间之中都成了文章。椅子立足狭小故步自封，文人却应开阔思维拓展视野。鲁迅故居有一把很简陋很普通的椅子，让无数文人驻足慨叹。这把椅子，只是鲁迅一生坐过的众多椅子中的一把，而它所承载的绝非鲁迅本人，而是中国现代乃至当代整个文人群体的一个共同的思想和灵魂。

文人的椅子与浊酒与山泉成饮，与暮霭与晨辉相邀。文人的披星戴月，一般不在旅途上，更多的时候是在椅子上。半椅明月半椅霜，半椅秋实半椅香。在岁月的风尘中，文人的才情睿智，无须一丝一缕地洗涤，更无须一点一滴地粉饰。因为，文人所有的表现，椅子一目了然。包括文人的宠辱进退，文人的心思意念，文人的众星捧月，文人的形影相吊。

椅子想，别以为坐在我上面随便写写文字，编几句顺口溜，就能成为文人，那至多也就是个秀才；也不要以为有点文化，就能称为文人，那至多也就是个文化人。什么是文人，椅子最清楚。真正的文人，应该是具备人文水准，能写就有创造性的、有思想性的文章的人。我很赞同张修林在《谈文人》中所给文人下的定义：严肃地从事哲学、文学、艺术以及一些具有人文情怀的社会科学的人，就是文人，或者说，文人是追求独立人格与独立价值，更多地描述、研究社会和人性的人。看看，自诩文人的，或者担心一不留神成为文人的，都对对号儿，也找一把适合自己身份的椅子坐坐吧。

我这个文人，也有几把椅子：办公椅，是为了生存生计；餐桌椅，是为了补脑给力；沙发椅，是为了休养身心；电脑椅，是为了上网写字。当然，我还有不固定的车椅，不确定的座椅，不稳定的休闲椅。文人与椅子，长话短说；椅子与我，不谈也罢。

文人的责任

文人领风骚，责任须担当。

文人的责任源自"天下兴亡，匹夫有责"，是一种比较高尚的、伟大的付出，更是一种"鞠躬尽瘁，死而后已"的精神境界。在中国文化长河中，文人的责任就是关心民众，关心时代，关心整个社会，用自己的作品唤醒冷漠，唤醒麻木，唤醒沉沦。这种责任是茅盾在子夜中的燃烧，是巴金在春秋中的随想，是朱自清在清贫中的坚守，更是鲁迅在彷徨中的呐喊与探求。

文人不一定荣华富贵位居高官，也不一定非要才高八斗学富五车。他最应该具备的除了良好的品行外，更要对天下苍生心怀一种敬畏。这种敬畏，就是一种责任。我最喜欢中央人民广播电台中国之声频道中的那句铿锵有力的广告语："以责任，赢信任。中国之声，责任至上。"多好啊，以责任，赢信任。

有责任的文人有一个特点，那就是他始终在用自己的作品满腔热忱地抒发着一种强烈的社会责任感。这种责任感，不是闭门造车的表达，不是熟视无睹的陈述，而是一种焦虑一种担忧，这才是真实的文人。有了真实，才会有自我再现，才会有自我的创作灵魂和人格魅力。在文人身上，责任就像一种符号，不论风格流派，不论体裁形式，它都闪耀着一种异样的光芒，这种光芒，就是文人的生命。

"修身、齐家、治国、平天下"是文人的梦想，"先天下之忧而忧，后天下之乐而乐"是文人的情怀。文人，之所以称为文人，除了胸中有点墨外，更应有对社会对人生对民族的一份厚重的责任。有了责任，文人才有了真正的灵魂；有了责任，文人的创作才能富有生命力。责任，是对文人的一种检验；责任，是文人对时代的一种歌颂。为了责任，高尚的文人们喊出了"廉者不受嗟来之食"，喊出了"不自由，毋宁死"。为了责任，文人可以思辨，可以愤怒，可以抗争；为了责任，孔子、老庄在争鸣之中苦苦跋涉；为了责任，黄宗羲、顾炎武在启蒙中坚定前行。在责任的答卷中，有多少文人振臂高呼，叱咤风云，挥就了气势恢宏的篇章。

糊口谋生也好，为名利仕途也罢，有些文人的目的其实只有一个，那就是实用。曹正文在《文人雅事》的自序中将文人分为三类：第一类仁厚笃学，诲人不倦，求义于天下，如孔子；第二类看破红尘，逍遥自乐，视名利为粪土，如庄子；第三类是饱学诗书，欲出人头地，依附权势，以展所学，如商鞅、李斯。从"经世致用"到实用主义，一些文人慢慢地从高雅的、高尚的责任阵地上败了下来。他们不再为民众疾苦、国家危亡和民族命运大声疾呼，把崇高的责任丢弃到爪哇国里，再也不提什么责与任。有的文人为了名利，不仅放弃了应有的节操，而且变本加厉，恬不知耻，违心作文，违心做人，小到出卖良知，大到出卖国家利益。"阴险如崖阱，深阻竟叵测"的秦桧，就是这样的文人。相传，宋体字为秦桧所创，因其为历史罪人，而未被称为秦体或桧体。虽是佞臣，却诗文天下，颇擅笔翰。陶宗仪《书史会要》云："桧能篆，尝见金陵文庙中栏上刻其所书'玉兔泉'三字，亦颇有可观。"可惜啊，可叹啊，一代有所造诣的文人，却丢掉了责任、放弃了尊严、丧失了气节，沦落成为千古罪人，只留下一片唾弃加骂声。

责任很美丽，现实很骨感。素以撰文、写字、学术、传媒包括书画等为技巧、技能和技艺的文人们，本该将责任看得比生命比泰山还要重。从古至今，世间百态，文曲飘零，恪守责任，又谈何容易。一个没有责任的文人，绝不是一个健全的文人。文人可以清高，可以多情，可以超越，但绝不能放弃责任。没有责任，就意味着缺失，就意味着无精神、无思想、无人格。无论时代发展到何时，这种定论都能经得起推敲和检验。

我始终不相信，一个连起码的家庭责任感都没有的文人，能有什么社会责任感；一个连起码的社会责任感都没有的文人，还能创作出什么上乘的佳作，还能引领什么时代风骚。其作品不如日常生活中的垃圾，那垃圾至少还能废物利用呢。世俗文人、马屁文人、鹦鹉文人，绝不能启迪大众，更不能为我们的民族奉献有价值的精神食粮。从另一个角度来说，一个文人的责任，不是简单地让自己的作品广为传播，而是要让有价值有思想有责任意识的作品传播给所有读者、听众和观众。中国从来不缺文人，缺的是引领时代而不是时尚的那种有思想、有头脑、有远见、有创造、敢担当、敢呼号、敢说话、敢为大众代言的文人。

文人必须为时代服务，为历史负责。古代文人司马迁、辛弃疾如此，现代文人鲁迅、巴金也如此。在光怪陆离、千变万化中，文人独立的人格、健康的思想、敏锐的视觉、丰富的情感和强烈的责任意识，会冲破所有凡俗而熠熠生辉。这样的文人，一定会用自己切身的感受和真实的体会，抒发对世间万物或喜或怒或哀或乐的特有情怀。他是那种永不落伍的精神游牧者，勇敢地驾驭着厚重的思想，自由地驰骋在天地之间。他忧民之忧，急民之急，愤民之愤，争民之争。无论个人遇到多大的困难，他都会满怀一种对社会的强烈责任心，去思索去探寻去呼号。所以，我认为新时代真正有责任的文人应该是这样：秉持操守，坚守底线，热爱生活，关注民生，心存感恩，回馈社会。真如此，我们这个时代定会焕发出新的生命力，也定会如岳飞那首《满江红》，在整个民族中激荡出浩荡的旋律。我也坚信，一个真正有责任的文人，不只属于一个时代，而且属于整个中华民族。民族的，才是永恒的。

敲打键盘，责任在心中如泣如诉。中国之声主题音乐再次悠扬响起，一组责任话题刚刚播完，新的责任话题正在酝酿中……

文人的气节

有人用六月雪来比喻蒙受奇冤，比如《窦娥冤》。在明朝，有一个比窦娥还冤还惨的人，他就是方孝孺。

方孝孺在短暂的四十六年生涯中博学多才，在明惠帝时期官至文学博士，相当于今天的文化部长。皇帝朱允炆十分倚重方孝孺，燕王朱棣起兵篡权，朱允炆进行讨逆，其诏檄皆出方孝孺之手，可见方孝孺文采何等了得。要是在今天，估计也能获得个诺贝尔文学奖了。

其实，篡权夺位不一定非要搞血腥镇压，毕竟各为其主，应该给予谅解。你把皇位都夺到手了，还纠缠原来那些琐事干啥？早在朱棣篡权时，谋事姚广孝就对朱棣说："城下之日，彼必不降，幸勿杀之。杀方孝孺，天下读书种子绝矣。"方孝孺可以说是当时天下文人中的领军人物，不杀他就会笼络一大批文人，就会安抚民心。

篡权成功后，朱棣立即召见方孝孺。出乎意料的是，方孝孺穿了一身孝服，一路痛哭不已。见着朱棣就问："皇上去哪儿了？"朱棣说："自焚死了。"方孝孺哭着说："那为何不立他的儿子来当皇帝？"朱棣说："这是我的家事，你就不必操心了。"说完，就让方孝孺帮起草安抚诏文。方孝孺执笔写了，写的却是大大的"篡"字，写罢，把笔摔在地上义正词严地说："万世之后，你也摆脱不了这个字。"朱棣气晕了，站起身大声喝道："方孝孺，你别以为你有才华我就不杀你！"方孝孺轻蔑一笑："随你便。"朱棣大怒："你就不怕被株连九族？"方孝孺刚烈地回答："灭十族都不怕！"

方孝孺是史上唯一被诛十族的人。一个敢杀，一个敢死，这在历史上十分罕见。在方孝孺放弃生命时，妻子郑氏和两个儿子一起上吊自缢，两个女儿也投了秦淮河。灭族其状惨不忍睹。史料称，一共杀了七天，共八百七十三人。其间，方孝孺始终镇定自若，还慷慨赋诗道："天降乱离兮，孰知其由？奸臣得计兮，谋国用犹。忠臣发愤兮，血泪交流。以此殉君兮，抑又何求？呜呼哀哉兮，孰不我尤！"其弟方孝友临刑前还和了一首告别诗："阿兄何必泪潸潸，取义成仁在此间。华表柱头千载后，旅魂依旧回家山。"据传说，方孝孺被腰斩后，以肘撑地爬行，手蘸血连书"篡"字，一共写了二十四个半才气绝身亡。在处理方孝孺上，朱棣最没气量。任其后多少雄伟功绩，也难掩滥杀无辜恶名。

什么是文人的气节？我想，有气节的文人应该是这样的：他忠诚正义，有道德和操守；他深晓事理，明辨是非，能抵御各种正常需求之外的所有诱惑；他宁可站着死也绝不跪着生，更不会违心改变自己的追求自己的信仰。"生我所欲也，义亦我所欲也，二者不可得兼，舍生而取义也。"文人的气节最终战胜了胆怯，方孝孺始终未向嗜杀成性的朱棣屈服。方孝孺非简单的愚忠，也非大脑不开窍，而是一种东西在主宰着他的思想和精神，这就是气节。他用凛然正气和慷慨赴死来诠释了什么是文人的气节。令人遗憾的是，楷模很美丽，现实很骨感，像方孝孺这样有气节的人可谓凤毛麟角。在历史上不害人不误国的文人，就算是个好人。倘若放在别人身上，遇到朱棣邀请写诏文，不说激动万分，至少也不会去直接违抗并口诛笔伐。若真如此，方孝孺也就不是方孝孺了。

方孝孺死了，明朝的雪在不散的冤魂中无助地飘着，不知该如何向天下苍生诉说自己的无奈。

第三辑　风　筝

风　筝

其实，北方的风筝在南方的天空中放飞也不失为一种飘荡的美。

欣欣然，万物同步复苏；灿灿时，百鸟竞相歌唱，而风筝却在牵引与放飞之间默默地独自享有一种相对独立、相对自由的个性。你也许会问，风筝能有什么个性？是的，风筝是由人放飞的，又是由人牵制而归的，或仰或扬，或远或近，都在瞬间掌握中。但朋友啊，你发现了吗？只要你把它放飞起来，它就会开始以异样的姿态、丰富的言语与清风相舞，与天空对话。无论是走着、跑着，还是踟蹰于原地，只要你尽心牵引，凝神仰视，它就会竭尽全力以力冲九霄的劲头傲然地向高处飞着……它桀骜，它执着，它更洒脱，它的个性完全是那穹宇在特定的境界中历练出来的。在云淡之时，它又潜移默化地拥有了一分灵性。它不呆板，不拘泥，更不会沉沦。在你不经意时，风筝会用自己独有的语言向你传达它的思想和感情，让你不知不觉地去感悟舒缓游离的意境，高处临风的胆识以及卓尔不群的风格。

儿时，风筝离我很近。春天，父亲都教我在大平原上领悟飞翔的内涵，飘荡的滋味。那风筝很简单，很朴实，没有造作的姿态。自然的色彩，使风筝、父亲和我都完全处于回归自然的情愫中。风不大，但风筝似乎听到了风的召唤，它每每飞起，都尽心向上遨游。线很长，放风筝，我希望它飞得高些再高些，远些再远些。那时，我视觉里的风筝很大很大，总希望父亲把线放长再放长，让那风筝把我美丽的梦捎给熠熠的太阳。父亲却总是小心翼翼，不紧不慢，缓缓地、渐进地摇着线柄，唯恐操之过急，风筝会挣脱线的束缚永远地一去不复返。站在冰雪尚未消融的土地上，仰望我们放飞的风筝，依依稀稀中，我感到了风筝在和我对话。有时是一种邀约，它欢迎我飞翔的渴望；有时是一种默契，彼此间无声地拥有着一种相互信任、相互依赖的情结。"爸爸，风筝饿吗？"我问父亲。父亲笑了，随即用一张彩纸做成一只环儿，轻轻圈系到线上，那环儿却真的沿着线的轨迹欢快地向空中的风筝旋转而去。"瞧，风筝吃饭了！"父亲爽朗的笑声，让我如释重负。我钦佩父亲，也感谢父亲给了风筝继续高飞的能量，而自己也仿佛像那风筝一样，在父亲的呵护下开始起飞，腾向高空。

风筝所展示的魅力是无穷的。它以浪漫的色彩先洋溢自身而后再渲染天空，摇摇摆摆中风情万种，缄默无语时态势无常。它所呈现给你的是超越凡俗的美，所传播给你的又是云厮风守的信息。当你注目欣赏它时，它不忸怩作态，自我张扬；当你牵引它前后运动时，它则抖擞精神，无畏地释放耐力。它能在你无尽的遐想中，给你灵感给你启迪；它也能在天地浩大的包容中，培养出你的灵性你的睿智。在它的羽下，你可以任意对飞翔充满想象，也可以在幻觉中独旅天空，沐浴阳光。风筝在天空舞动，你就有一种感觉：它似乎舞出了你征途上的彩虹，舞出了你生命里的希冀，舞出了你求索中的真谛。

我终于可以单独去放风筝了。从风筝牵引我，到我们彼此牵引，又到了我牵引它，整个过程在悠长的岁月中直白无痕。风筝放高了，我就长大了；风筝放远了，我也走向了社会。从粗犷的关东放到长江南岸，风筝和我都把思念牢牢地系在天空中。抑或是我把风筝带到了异乡，抑或是风筝把我引到了异乡。自己曾用诗写出：

你放风筝，/你在地上走，/风筝在空中游。/风筝在摆动，/你恍惚如风筝，/你被风筝放飞/在空中。

真的，其实我早就成为一只风筝了。

而今，风筝离我远了。在远离童年、远离故乡的时间与空间中，我这只风筝纵然飞得再高，却依然是在远方亲人的牵挂之中，依然沉浸在牵引与被牵引的情愁里，所展现的姿态，除了带来亲人的关注、担忧和挂念外，还会有其他的吗？的确，我也希望偶尔停歇下脚步，回到亲人的怀抱，弹去征尘，驱赶疲惫，可那高远的天空已使我身不由己。何况，自己已经成为风筝，大地也不能长久地来接纳风筝啊，虽然，牵引我的那丝长长的线没有断。唉，风筝离大地的距离还能比我那离乡的距离远吗？风筝飞得越高，自己的思念不就越深吗？陪着天真的儿子一起到郊外放风筝，自己除了寄托外，就是想再体味体味儿时所特有的欢乐和憧憬。"爸爸，风筝累吗？"儿子一面紧握线柄骄傲地看着天上的风筝，一面若有所思回过头来稚气地问我。我心一颤，旋即蹲下身来，用手轻轻地搂过儿子，儿子则懂事般依偎到我的怀里，默不作声地继续放着风筝。

天空中的风筝，北方的风筝；风筝舞动的天空，南方的天空。真的很美，风筝，还有天空。

怀 旧

那年，父亲去南方看我时，把戴了多年的上海牌手表从腕上摘下来递给我说，这表走得很准，抗震耐磨，你就留着吧。我当时不以为然，心想，一块戴了二十多年都老掉牙了的手表，能有多大的魅力和价值呢？可自己又不好说什么，毕竟是父亲的一片心意。于是，自己找了一个小盒子，只把它作为一件怀旧的物件收藏了起来。

岁月时针滴滴答答地将我从青年敲到了中年，不知不觉了无痕迹。从南方调回家乡后，我很久没有注意这块手表。前几天，在书架上找一本资料书，不经意间发现了它。看着敦厚明亮的全钢上海表，我感慨无限，也理解了父亲当时的心情。岁月苍苍，云烟不停地萦绕我的年轮，我的思想越发厚重，越发殷实。少年懵懂，青春好梦，直到步入中年，我才发觉自己已渐渐产生出一种怀旧的情结。这怀旧的主题随着钟表的转动越来越鲜明，怀旧的频率也越来越高。

也许有人会说，你这年龄怀旧有点儿早，怀旧该是老爷爷老奶奶经常做的事情。不错，带着老花镜、拄着拐棍坐在檐下痴痴遐想，应该是怀旧的形式。可一个人若只知道向前看，不去回顾和总结，就是到老了，也想不起来一生都干了些什么，那样的话该多可怕啊。一位哲人说过，善于怀旧容易忽视现实。细细琢磨，不无道理。我这人虽说不喜欢追新潮赶时尚，却也不是那种天生就眷恋往事的人。善于或者说是擅长怀旧，必然是要动动脑子、花费些时间的，也肯定会忽视一些现实里的小事、小节，比如交友、娱乐、睡觉，起码容易在其间走神或做梦。窃以为，怀旧绝非什么坏事，至少说明记忆尚好、大脑活跃。对美好的事物、美好的传统、美好的往事或故事，时常回顾一下，时常怀念一下，也是一种乐趣和良好的习惯。当然，怀旧时不能一味地去盘桓和纠结，那样容易疲惫神经模糊记忆，不利于身体健康，也不利于展望未来。

妻子问我晚上想吃点儿啥，我说想吃土豆丝。妻子困惑不解，我重复道："我想吃小时候妈妈炒的那种土豆丝。"电视里，各大频道竞相播放着肥皂节目，令人生厌而无聊。一阵久违了的清香从厨房里飘散开来，我精神为之一振，从沙发上站起身来。这几年，每近春节，我都喜欢徘徊在各大商场和超市中。不为别的，就是想收集一下将要挥发殆尽的年味儿，找寻那逝去了的美好气息。走着走着，忽然发现前面糖果架前摆放着一匣五颜六色的糖球儿。一瞬间，那亮丽的色彩像磁铁一样牢牢地吸引了我。我不顾服务员诧异，急不可耐地拿起一枚含在嘴里。一股沁人心脾的甜润把自己陶醉得一塌糊涂。"先生，您要买吗？"服务员期待着。"对，买买买，给我包二斤。"我忙不迭地点着头说，生怕失去了这失而复得的美妙感觉。

怀旧有时伤神、伤情甚至伤心。时下，你在任何一个地方，只要细心观察，就不难发现，匆忙的路人脸上多为茫然、疲惫和愁苦。这就不能不让人去怀念未曾久远的年代。那时，人们脸上可多是灿烂的、轻松的、希冀的。我怀念儿时在辽阔的大地上放飞风筝的情景，更怀念那时高远蔚蓝的天。现在呢，除了失望还会有什么？城市在肆无忌惮地拓展，农田在无助之中萎缩。那一望无际的原野越来越少，遮挡我们视线的除了不断拔高的楼宇还有灰蒙蒙的天。忽然停电了，深夜中的卧室一片漆黑。我摸索着从床头柜里翻出一截蜡烛来点上，室内顿时绽放出一片温暖来。在跳跃的烛光中，我仿佛又回到了儿时，恍惚中，母亲在煤油灯下依然纳着鞋底，她的神情是那样专注，那样慈祥……

怀旧如影随风。该不该怀旧、怀什么样的旧似乎都不是主要问题，问题的关键是，我们该怎样怀旧。一些人把怀旧当成了一种时尚、一种时髦。背粗布背包，穿带洞的裤子。就连一些喝惯了高档瓶装酒的人，也喜欢弄来一坛作坊造的小烧儿，泡上一些枸杞子、人参等，美其名曰：品尝怀旧的滋味。这哪里是怀旧啊，分明是在养生嘛。真正的怀旧是一首老歌儿，在悠长的记忆中舒缓荡漾。岁月匆匆，世事更迭，这首老歌儿依旧鸣唱着永不更改的旋律。那年，我乘大巴去旅游点。车上的游客不怎么多，一路上大家似乎都打不起精神来，甚至有些昏昏然。这时，司机不知从哪儿弄出一张红歌光碟放了起来。明快欢畅的曲调使大家为之一振，顿时都来了精神，有的还情不自禁地跟着哼唱起来，而我的思绪也随着那昂扬的旋律向窗外飘荡。我似乎又回到了戴红领巾蹦蹦跳跳上学的童年，回到了夜幕中坐在打谷场上看露天电影的快乐情景中。

有人把怀旧与仿制联系在一起。没有商业价值，绝不怀旧；只要有了商业价值，就无所顾忌、漫无边际地乱怀旧，根本不考虑什么实质意义和社会效益，只在乎能有多少既得利益。看了一眼新版《红楼梦》，自己再也打不起精神往下看。真怀念八七版的《红楼梦》，那样的纯美，那样的清新。中国男篮演绎的"群殴门"，以及中国足球赌球案连续东窗事发，失望气愤之余，我更加怀念二十世纪八十年代那生龙活虎、催人振奋的体育风貌。怀旧似乎有种衰老的味道，没有生机，也不易产生出什么情调。这也许是一些人对怀旧不屑一顾的原因，他们一定会认为怀旧是一种倒退，而追求新潮才是走在时间前面。如今，人们生活水平日益提高，粗茶淡饭与生活清贫已不再等同。很多人吃腻了山珍海味，到处寻找农家传统茶饭。一些农家乐山庄如雨后春笋般诞生。这当然有迎合人们消费需求的原因，但还有一层，就是它抓住了人们容易怀旧的情结。真的，有时怀旧会成为一种良好的教育形式。怀念中肯定有怀旧的因素，所以，在怀旧中进行红色旅游，比如已经组织过的"重走长征路"啦，寻访抗日老兵回忆一下烽火岁月啦，一定会火。虽然这样的怀旧或说是传统教育比较辛苦，但是很有意义。

怀旧是一种思绪、一种情感，更是一种理念。善于怀旧，有时能防止"跑偏"。网络时代，一些网络语言似野火蔓延，一发不可收拾。一些诸如"奔奔族""躲猫猫""菜了"，等等，让人目不暇接。就连传统的一些词汇都被赋予了新的内涵，什么"稀饭"了、"沙发"了、"潜水"了，等等。这也就不难理解，为什么一些中小学生容易把网络语言带到作文中。我不是汉语言大师，也不想评价当今汉语言的走向。我只是怀念传统的或称为正统的语言表述氛围。这不是简单的怀旧，更不是故步自封、停滞不前。我认为，继承传统的精华，其实就是预防糟粕的滋生。中华民族的瑰宝不能丢，良好的事物和秩序需要代代传承，这关乎民族的走向、民族的命运。

父亲送给我的这块手表就像一块美玉，端庄、纯美。虽然早就停止了走动，但是它依旧散发着一种历经沧桑的浑厚，释放着一种永不过时的能量。我做了一个决定，把这块手表拿到钟表店好好维修后戴起来，让它陪着我独享一种怀旧的美。

清　明

　　山青水明，天清地明。大抵以清明来形容的，似乎都很恬静舒缓。

　　刀耕火种，四季勤劳。古人把一年分为二十四节气，以这种岁时历法来确定何时播种又何时去收成。斯时，清明便成为二十四节气之一，时在春分后十五天。然，清明又是重要的传统节日。在古代，清明节就与上元、立夏、端午、中元、中秋、冬至和除夕一同列为"八节"。"万物生长此时，皆清洁而明净。故谓之清明。"看来，清明节自古就是很有分量的节日。既是节气又是节日，清明似乎多了一重特定的内涵。这在二十四节气里可谓特点鲜明。我佩服先人们对传统节日，以及节气的定位。能这样让人们将纪念、庆典、祭祀以及憧憬融为一体，不可不说是中华文化的博大精深了。

　　龙江的清明节，其实还是有自己的习惯的。从松嫩平原到北国兴安，此时色彩虽然不够艳丽，却也呈现出一派生机，多了些许希望。踏青习俗，大概就是源于此了。大地返青，春色正浓。故乡把踏青叫作春游，其实也和当地的习俗有关。小时候，每到这个时候，学校都组织学生们去八里外黄土山进行春游，准备了好多写有"铅笔""橡皮"或者"本子"类的纸条，藏在山上，让孩子们去寻找。找到后，就去老师那里换得指定的礼物。那时，清明节不仅是我们放飞身心、投入自然的春游，更是我们的寻宝节。每每想起都感慨不已。其实，无论是节气还是节日，令我们怀念的，不就是一种简单的快乐吗？

放风筝是龙江清明期间的一大习俗。我童年里的清明，除了知道大人们要去给已故的亲人上坟烧纸外，还知道用风筝同天空对话。大平原的风筝其实在春节后就开始放飞了。但清明节前后，放得相对多了一些，这也是事实。这个时候，天空与大地之间飘飞的不仅是风筝，更是人们激荡的心情。所以，我说天空也过节，就是指这个时候的风筝给我们带来的感受。大平原的风筝始终飞得很高，独清明时却显得有一些惆怅。可小时候，自己却感受不到这一点，只顾与风筝的影子一同逍遥。

春阳照临，春雨飞洒。清明时节，植树也是传统。至于这个传统多久了，不重要。我想，这时节的植树似乎与"插柳"习俗有关。流传来流传去，流传至今，也就有了植树这一习惯了。有一点不可否认，清明时节还真是龙江大地植树的好时节。从我记事开始，就知道家乡有清明植树的好习惯，想必这就是为何有人把清明节叫作植树节的原因了。当然，这和每年的三月十二日的法定植树节有着本质上的区别。从省城哈尔滨到北部的大兴安岭，地域大，沿线长，气候的差异十分明显。偏北地区，即使到了清明，也还是不能植树。因为，这个时候天气还是乍暖还寒时，一些地方的积雪尚未融化。较之现在去搞一些形式上的植树，我还是怀念童年时的植树，那不是一种形式、一种应付。那是一种希冀、一种祝福，也是人类对大自然的一种礼拜。

清明是一个节日，一个比较伤感的节日。清明扫墓，谓之对祖先的"思时之敬"。扫墓和迷信无关，和信仰无关。细细想来，叫清明节，其实，又不如叫扫墓节了。"清明时节雨纷纷，路上行人欲断魂。"小时候，读古诗时，就隐隐约约地感到这个节日气氛有点沉重。我最早知道的清明，源于祖父在世时额头上那一抹淡淡的愁绪，以及一卷黄纸。按说春天是希望的季节，可却偏偏点缀出一些凄凉和伤感来。祖父在世时说过，清明节是春秋五霸之一的晋文公为祭奠早年帮助过他逃亡的介之推而发明的。演变来演变去，就有了今天的清明节。从逐渐演变和延续来看，这个扫墓习俗真的很早了。

扫墓扫的是一种哀思、一种心情、一种寄托。细细品来，清明节倒也是一种久远的伤情所至。我不敢怀疑古人，他们对扫墓一定很虔诚的吧。而今，扫墓扫来扫去，却感觉是形式重于内容。变味的不是内容，却是从形式开始的。地方越大、人群越稠密的地方，形式越突出。去墓地的路途上，不再是古人的一把雨伞、一个提篮和几张烟纸了，却是浩浩荡荡的车队。这样的扫墓，除了让人疑惑、迷茫、不满外，甚至变相助长了一些不正之风。我想，假如已故者真有亡灵的话，也不会满意这种现象的。写到这里，自己心情沉重起来。母亲去世近一年，自己也该回两百多公里外的地方去为母亲扫墓了。我的清明节，和古人一样沉重。

好的习俗，就是一种文化；好的文化，就该是全民族的。二〇〇八年，国家正式确立清明节为法定节假日。清明节，与我们亲密接触。

紫丁香

我一直认为紫丁香是最美丽的花儿。

儿时，每回推开吱吱呀呀的后窗户，第一眼看到的总是纷繁茂盛的紫丁香。祖母不太喜欢素雅的园子，遂从娘家移来一棵紫丁香树苗。在祖母细心照料下，幼苗长得生机勃勃，不到两年，就成了如伞状的紫丁香树。祖父不喜欢养花儿、养草儿，认为还是种点儿黄烟比较实惠。可没等祖父来得及多反对，紫丁香花儿就已悄悄绽放。这些花儿成紫粉色，四瓣一小朵，数十小朵一簇簇、一团团竞相开放，开得让人精神为之一振，开得全家人心境豁然开朗。于是，祖父不再拒绝紫丁香；于是，紫丁香用宁静营造一种和谐，用气息焕发一种精神，安心绽放，健康成长。

我的童年因紫丁香色彩绚丽。扶着窗棂，我咿咿呀呀唱着只有风听得懂的歌儿。祖父在后园里侍弄着那块只种黄烟的自留地，听着听着，忍不住直起腰转过身"呵呵"地笑道："等你长大了，娶个像紫丁香一样的媳妇吧。"我当然喜欢紫丁香一样的媳妇了。母亲说，男孩子爱花儿没出息，长大了容易欠花债。对于母亲这一说法，我一开始就不以为然。

难道喜欢欣赏紫丁香，喜欢闻紫丁香的气息，就要欠债吗？我喜欢素雅的风格，喜欢像紫丁香一样的女孩儿，可我只喜欢一株啊，只深爱着一株。我不贪多，也不欠谁的债。而今烟花弥漫，能不欠多余的债实属不易。少言寡语的妻子对我这个帅哥能几十年如一日不欠外债的美德，不加评论只报一笑。我想，妻子一定是被我这独恋丁香、只钟爱一种花儿的情怀感动得不知说什么好了。这样想后，不仅轻松了，也为自己感动起来。是的，我只喜欢品一种气息，那，就是我深爱着的紫丁香。

　　我喜欢紫丁香树的色彩，更喜欢她那不矫揉造作的姿态。真的，紫丁香不似牡丹那般华贵，也非梅花那样冷傲；不似莲花孤芳自赏，也非菊花自我张扬。她所独有的，是朴实典雅沉稳大方。她不挑剔生存环境，不依赖气候土壤。只要给她一寸空间，她就能默默生长，温存绽放。她纯洁，不拘泥不虚伪不染尘埃，持重专一馥郁馨香；她清新自然，优雅大方，美丽却不妖艳，朴实而不庸俗；她善良，不讨宠爱，不争名利，谦逊礼让，和谐绽放。紫丁香色彩清纯迷人，气息更是清新怡人。在你不知不觉中，她就在不远处，静静地给你送来阵阵幽香，让你在行走中情不自禁停下脚步驻足欣赏。你嗅了又嗅，品了又品，直到把你的心灵荡涤无尘。我可以在任何场地与任何人宣布：我就喜欢紫丁香的纯美气质，我就喜欢紫丁香的淡雅风格。因紫丁香，自己拥有了一份宁静也多了一份祥和；因紫丁香，自己拥有了一份洒脱也平添了一种豁达。紫丁香开了一年又一年，那花儿的色彩依然未改，那散发的气息依然清新悠长。在紫丁香的庇护下，我的家族虽没有多大的富足和荣耀，却也平平淡淡、清香不绝，这样过了一天又一天，一年又一年。

　　紫丁香极具内涵。凡是有紫丁香绽放的地方，必定生机无限。在你生命的土地上，只有紫丁香才会陪你从春入夏，播撒一道又一道大好时光，一片又一片新希望。紫丁香也最富有诗意。一抹雨帘，一把油纸伞，再有一位如紫丁香般的姑娘。每当看到紫丁香，这幅画就会自然而然地呈现在我眼前，让我流连忘返，如痴如醉。紫丁香给予我诗情画意，更给予我一种牵挂，一种思念。离开故乡二十六年了，故乡的紫丁香经常走进我的梦里，陪我走向天边。每每想起故乡，就想起了紫丁香；每每回忆起童年，就仿佛看到了屋后的紫丁香。我现在居住的山城，也有紫丁香，但是我总感觉比不上故乡的紫丁香。虽然她们同出一族，同连一根，但是她们所萦绕的梦不同，所盘结的魂不同。去年回乡时，已过紫丁香绽放期，在惆怅、遗憾和感伤中，自己迟迟不忍离开故乡。我知道自己在寻找什么，在牵挂什么。我是寻找一类颜色，一种姿态，一抹气息。我知道这些纯属枉然，但我还是固执地寻找下去。因为，在我记忆中，紫丁香就是我的整个童年。

紫丁香也是最有灵性的花儿。你快乐时，她会陪你微笑；你悲伤时，她会陪你流泪。二〇〇八年，在紫丁香将要绽放时，母亲突然离世。极度伤痛中，紫丁香树凄凄呜咽，在哀婉中悄悄绽放。透过模糊的视线，我仿佛看到紫丁香丛中母亲那慈祥的容颜。为母亲守孝期间，我呆立在母亲的墓前，大脑一片空白。墓地四周青松苍翠，白桦婀娜，可我还是感到少了些什么，可一时间又想不起来是什么。返回山城后的一个清晨，自己在北山公园中漫无边际地散着步，不知不觉地来到一排相拥绽放的紫丁香树前，眼前顿时一亮，心情瞬间好了许多。轻松中我恍然大悟：原来母亲的墓地不就是缺少几株盛开的紫丁香树吗？母亲和祖母一样，生前最钟爱紫丁香。我想，紫丁香一定会成为陪伴母亲安息的最忠诚的花儿。给三弟挂电话，我告诉他，百天祭奠时，一定要在母亲墓周围植几株紫丁香。母亲若在天有灵，一定会深感欣慰，她也定会化成美丽的紫丁香，保佑和庇护她的儿孙们，给全家人带来一份吉祥。

紫丁香花开花落，在我的生命里留下一次又一次的感动。我知道，自己今生再不会喜欢别的花儿了，因为，我已然成为一株常开不败的紫丁香。

守 候

故乡的冬夜寂寥苍茫。在空荡的办公楼内值班，守候一种责任，却遥想时空中那份早已朦胧的记忆，不知不觉地，感到了些许的充实。

窗外，夜色阑珊。眺望如隧道般的夜空，自己恍惚成了一片零碎的风景。若不是当年在林城徘徊时那回头一瞥，自己很难再毅然决然地从江南那古老的小城中辗转而回。在异乡，也有这样值班的夜晚，也有责任主宰着自己，让自己连静静地喘息都多了一丝疲惫。丰子恺老先生在人生咏叹时，把"渐"说得形象透彻。他认为，人生是由"渐"来维持的。那我的"渐"呢？从塞北到江南是一种"渐"，从江南又回到塞北，是不是也应说为一种"渐"呢？在江南值班多了份空虚和无奈，而今，在故乡值班，内心却再也找不回那份自怜般的忧伤了。看来，从不安到漂泊是一种"渐"，从漂泊又到踏实也是一种"渐"。而这种"渐"却让自己有些疲惫不堪了。我想，我宁可继续值它 N 次的夜班，也不要这种赘人的"渐"了。我的守候，追求的是一种踏实与安全。

三楼的静，使自己的孤寂塞满了整个走廊。打开办公室，坐到电脑旁，盲目地敲打着熟悉又陌生的文字，听着日光灯"嘶嘶"的细微伴奏，在无边际的时光隧道中，仿佛又看到了自己在异乡奔波行走的身影和脚下无助的印痕。我把自己丢在了显示器里，任凭躯体蹒跚成一种屏保，只用思绪伴着一缕忧伤，独自感悟一种聚散别离时才有的迷茫。慢悠悠地，心灵深处独有的那种感动才逐渐温暖到全身。睁开眼睛，重新打量着已熟悉了的办公环境，踏实得情不自禁地舒了一口气。顺手戴上耳麦，用鼠标下意识地选了那首百听不厌的《城里的月光》，把自己从现实中又带到了昨日的回忆中……若梦，若云，若水，开始飘忽不定起来，心中莫名的愁绪此起彼伏，拍打成浪。在办公室度过无数个不眠的夜晚，加班、值班、写作，但都没像今晚这样把自己折磨得百感交集，惆怅满腹。拿起电话，想给早已进入梦乡的妻子打个电话，述说一下自己零乱的情感，却又不忍心把重压平添给她。只好放下电话，苦涩地笑了一下，却不知道自己再应做些什么了。看着那桌上被自己翻得零乱的材料，才感觉该整理一下了。桌上整齐了，心情也平和了许多，无章的思绪慢慢地消失到窗外的夜色中。

躺在沙发上，却怎么也睡不着。闭着眼睛想生活中的人和事，想网络中熟悉的和陌生的朋友，也想逝去了的美好时光，却怎么也不愿意想曾经在异乡值班的经历了。自己并没有因为值班而感觉到辛苦，相反，心里却多了份独到的安慰。毕竟，我的值班有着与众不同的美丽。想去和一楼值班的张师傅聊聊家长里短，也想顺便和他再巡查一下大楼内的安全。

起身时，夜色早已迷醉不堪。

第四辑　子在川上行

船到岸边来

渡船一到北岸，大大小小的汽车从船上鱼贯而出。我所乘坐的这辆长途客运车，也和其他车辆一样，一下船就撒欢似的顺着江北公路开始奔驰。

那些年，我所工作生活的小城虽处长江南岸，沿岸百余公里内却没有一座过江的大桥。每一次去江北，所乘车辆都要从渡口先排队上船泊到对岸，快的一次要等二十分钟，慢的一次要近一个小时，出行很不方便。刚开始还好，刚到一个新地方，视觉尚未疲劳，所有的景象看着都很新鲜。可随着时间的推移，就感觉周围的景象有些不顺眼了，语言不适应，生活习惯不适应，气候气温就连气味儿都不适应。尤其是在等渡的时候，那些卖甘蔗的、卖阳干鱼的、卖卤鸡蛋的把你吵得心烦意乱，却不敢摇开车窗往外看，不看人家还敲着窗户向你叫卖呢，要是看一眼，人家不上车追着你买才怪，不是舍不得花钱，是根本吃不惯那些东西。于是，索性闭上眼睛佯装入睡，不再理睬。直到车上渡船，我才睁开眼睛长出一口气。

湖北的春天，到处都是生机勃勃的景象，一望无际的油菜花，散发着醉人的馨香，熏得人如醉如痴兴奋不已。联想北方此时还是一片萧瑟的景象，就不免感叹起来。虽然是春天，但天气还是有些冷，这冷不是北方的那种干冷，而是一种湿冷，一种不经意间就能将耳朵和手脚冻了的湿冷。我在北方出生长大，从未冻过手脚，在湖北那些年，却不知不觉地把手和脚都给冻了。直到调回北方后，手脚才算从冷遇中解脱出来。湖北的空气一年四季都是湿润的，这湿润让人的皮肤不会出现干涩。在湖北，很少听男人们用什么大宝之类的润肤霜，女人们也很少大量使用什么化妆品，而她们的皮肤却很细嫩光滑，这也绝非各色护肤霜所能实现得了的。一方水土养育一方人。水土与人的身材、相貌和风格有直接关系。要不，北方人一到南方，为何一眼就容易被看出来呢，其道理就是这样。在湖北的七年多，无论走到哪里，只要往那儿一站，不用说话，有些观察力强的人就能判断出你是外乡人。你没拿人家当外人，人家却知道你是外乡人，什么原因？就因为你的相貌与人家不同。你可以过环境关，过气候关，过语言关，过习惯关，唯有相貌这一关，你永远也过不了。

车过新厂镇后，就进入了江陵县域。公路连接处就体现了不同风格，一边是水泥路，一边是柏油路，路面的颜色和宽度也不一样。十里不同风，百里不同俗。在这一点上，不比东北。在东北，黑吉辽的习俗基本一样，看不出有多大的区别。而湖北，不同的县域、乡镇乃至以"店、铺、台、湾、沟、桥"等为单位的村屯，风俗和语言都有着差异，尤其是地区之间的差异更大，比如荆州的语言和武汉的语言就区别很大。我刚到湖北时，很难听懂当地的语言，我说话，人家都能听得懂，我听人家的话云里雾里一团糟。车载电视上的美国大片刚播完，又放起了花鼓戏。车尾一个男子喊："哎，怎么回事么，换掉换掉，懒得看这个。"司机头也没回说："不看这个看么子，就看这个。"车厢多数人都附和道："看嘛看嘛。"那男子不再吭声，却倔强地拿起一根甘蔗旁若无人地嚼了起来。

刚到地税局那年，经常负责会议记录，记着记着，就不知怎么记了，听不懂啊。很快领导就知道了这事，再开会时就嚼着舌头学说普通话，可说着说着，普通话又变成了湖北方言。会后，领导问我记全没，我说基本上记下来了。领导说，你把记录本拿来我看看，我就把记录本拿给领导看，领导看着看着就哈哈大笑起来说："这个不对，我的意思是恁个意思。"他还想说普通话，舌头却不听使唤了，遂打起了手势来。后来，我自己当了办公室主任，很少再去记录。我解脱了，领导也解脱了。要说语言适应力最强的，是儿子天杰。这小子去湖北时才不到两岁，语言基础尚未形成，到哪里都是一张白纸，想怎么学就怎么学。尤其是上幼儿园以后，这小子就一口地道的湖北话了。当然，在家里，由于我的严格要求，他还是尽量说普通话，可说着说着，就又不知不觉地说成了湖北话。二〇〇三年夏，我们调回北方，这小子才十岁，这个湖北话还时不时地被他带出来，经常被班上的同学取笑。当然，没过多久，他的湖北话就不说了，取而代之的是一口标准的普通话。

　　湖北铁路发展滞后，高速公路却比较发达，已呈"四纵四横一环"格局，非常利于车辆东南西北四向分流。车一过荆州，就上了高速公路。在高速公路上，你不想开快都不行。当然速度还是要限制的，但达到百十来迈还是正常不过的。这一提速，自己就更精神了。往窗外看去，现代化工业园区、不断拔高的城市，错落有致地分布在荆楚大地上，使本来毓秀的湖北美不胜收。湖北地貌不同于东北，它自古就因湖泊数量众多而享有"千湖之省"的美誉。但二十世纪中期以来，由于泥沙淤积、大规模围湖造田等原因，湖北的湖泊数量已减至目前的三百多个，而且湖泊面积和湖泊蓄水量也大幅度减少，"千湖之省"之称一去不回头。时间可以改变一切，包括江河湖泊地形地貌以及我们的认知和习惯，还有什么不能改变呢？想想，似乎已很难找得到了。

　　车在高速公路上跑了两个多小时后，汉洪高速公路总站就到了，"九省通衢"的大武汉已呈现在视野中。武汉，我来了。

子在川上行

我在鄂东南生活的那几年，感悟了许多常人难以明见的哲理。那些年，我用无人可以相比的游子身份，当地人难以替换的异乡人视角，真正体味着大地的坚实与厚重。

现在仔细想想，此生能八千里跃进，辗转人生驿站，实乃幸事，也是一笔丰硕的财富。一方水土养育一方人，我这北方人，拖家带口，前往南方打天下，与其说是一种生命的张扬，还不如说是一种精神上的赌博。好在，我在南方赢得了生命的自我再现。人生阅历能在漂泊中获得一种丰富，我想，也绝非我一人。但是，对于我来说，我真的感觉到了自己的价值所在。前几天，自己不知怎么就下意识地转到了那个曾经生活工作过的地方的一个网站上。出乎意料，在那网站上，我惊喜地见到了包括袁丰在内的几个熟知的名字。当时，我真是激动不已。那几位朋友，其实和我一样，无大建树，在创作上却很执着。纵然事业上备受挫折，生活上时遇艰辛，但是热情不减，良知不泯。

袁丰是我最好的文友之一。那几年，我在异乡里生活，能有个文学创作上的好友，实属一笔财富。江南的晚春，油菜花金黄一片，远远地望去，田野的色彩分外明朗。就是在这个季节里，我结识了我的这位文友。袁丰比我长几岁，个子不高，貌不出众，但为人厚道，凭借对文学创作的孜孜以求和一种特有的勤奋，硬是从一名乡村代教老师，走到了报社副刊编辑的岗位上。我待过的那个市是个县级市，是一座有着两千多年历史的古城，历史悠久，人文荟萃。古有"三阁老、二尚书、一太史"彪炳史册，今有黄松龄、邓初民、宋一平、刘精松等一批党政军领导与知名人士。袁丰生活在这样的环境下，对汲取本地丰富的文学底蕴很有优势。袁丰创作很勤奋，诗歌写得也很有意境，尤擅长写小故事、小品文。刚到那个地方生活，一切都是陌生的，都是新的，满眼新奇，却孤独无助。漂泊的滋味，其实就是一种难以用语言述说的滋味。好在，我的文思总随着情感不断涌动，一旦成了笨拙的文字后，就忘却了离乡的苦痛。搭上中巴车，摇晃一程后，我就走进了昏暗陌生的报社小楼。那个袁丰呢，则淡淡地接过我的稿子，看着看着，站起身，围着我上下打量，钦佩之情溢于言表。都说文人相轻，在袁丰身上，文人那种酸气和那种傲气却难以找到一分。我不知道在我们这个国家里，有多少个像我们这样还在文学之旅上苦苦跋涉的人，又有多少能像袁丰那样勤奋，而不是为了稿费、为了生计才无奈、无助地创作的人。

袁丰是被聘到报社的，担任副刊编辑，一个月只能拿到六百元左右的工资，要养活下岗的妻子和一个幼子，日子过得紧巴巴的。好在袁丰不断地创作着，漫天飞雪般向外投稿，广种薄收，每月也有些作品散发在外地一些报刊上。虽然那些报刊级别不高，但毕竟有一些稿费聊以弥补生活的不足。我与袁丰相处，算得上是君子之交。或许因经济条件有限，袁丰不吸烟，也很少喝酒。这一点，也就决定了他社交的局限性。我那时候吸烟，也能喝点酒，经济条件也好不到哪儿去。每当我去报社

朱明东作品
阅读试题详析详解

蓝色玻璃罐

在我家的壁柜上，摆放着一只二十世纪五十年代生产的蓝色玻璃罐，她虽然不够精致，却圆润醇厚和婉通达，就像一位意志不灭的老者，驻足于岁月的岸头，即便饱经沧桑背曲腰弯，目光中依然能寻出一种坚定来。

从我出生时，蓝色玻璃罐就走进了我的世界。那时，母亲常用蓝色玻璃罐装白糖。白糖很金贵，像雪一样绵软，在蓝色玻璃罐中紧密地抱成了一个团。蓝色玻璃罐与家里那古朴憨厚的老座钟一起端坐在柜台的中间位置，成为家里一件比较醒目的摆设。那时，家里还很清贫，全家三代八口人，在同一屋檐下相互支撑共克艰难。母亲很孝顺，平时对祖父祖母的生活起居照料得细致入微。在母亲心中，白糖水是最好的营养品。每天晚饭后，母亲都不忘打开蓝色玻璃罐，用小勺盛上几勺白糖，给祖父祖母冲两碗白糖水，让他们在劳苦的日子里体味一抹甘甜。也就是从那时开始，蓝色玻璃罐就像一个神奇的宝贝，在我幼小的心灵中形成了无限的诱惑。

我渴望蓝色玻璃罐也能赐予我一份甘甜。那天，趁家人不在旁边，我爬上柜子，打开玻璃罐，用小手抓了一把白糖放入口中。真甜啊，这可比雪花好吃多了。正当我津津有味地吃着白糖，母亲打外面走了进来。此时我正趴在柜台上偷吃白糖，母亲惊呆了，见母亲回来，我一慌，一下子从柜子上跌下来，好在柜子离地不高，我只摔疼了屁股。母亲将我抱起来，见我无大碍，这才松了一口气。她收拾好柜子上的蓝色玻璃罐，这才蹲下身抹去我脸上的泪水，严肃地说："这白糖是给爷爷奶奶冲水喝的，我们可不能吃。要是吃了，爷爷奶奶就喝不上白糖水了，那我们就成了坏孩子了。"我似懂非懂地点头。打那时起，无论自己再怎么喜欢吃白糖，也不敢去碰蓝色玻璃罐。我知道，一旦再碰她，我就成了贪嘴的坏孩子。可自己每天睡觉醒来，却还是忍不住看一眼柜台上的蓝色玻璃罐，看那里面的白糖是多了还是少了。

在母亲的百般呵护下，蓝色玻璃罐与全家人平淡无奇地度过了一个又一个春秋。一九九五年冬，我携妻带子到万里之遥的湖北打拼。离家那天，母亲抱着那只蓝色玻璃罐走到我面前："你打小就喜欢她，每天一睁眼就看啊看啊。这次去湖北，妈也没啥送你们的，你们就把这只玻璃罐一同带上吧。不管你们混得咋样，妈都像对待这只玻璃罐一样不嫌弃。"我伸出双手郑重地接过了蓝色玻璃罐。蓝色玻璃罐啊，你就是妈妈的化身，打今天起，我会将你当成我生命中不可分割的一部分，好好照顾你，好好保护你。由于路途远，蓝色玻璃罐不便随身携带。我只好小心将她包在棉被里，与其他行囊一同托运至湖北。在等候行李期间，我心里一直不踏实，唯恐旅途颠簸将蓝色玻璃罐碰坏了。二十多天后，行李终于安全到达汉口火车站。我迫不及待地打开包裹：那只让我日思夜想的蓝色玻璃罐正像婴儿一样，安然地睡在温暖的棉被中。我如释重负，多日以来的担忧一扫而光。

那年，父母去湖北看望我们，见蓝色玻璃罐安稳地摆放在书架上，母亲笑了："我和你爸经常惦记她，怕你们不小心把她弄碎了。还行，你们保护得很好，我也放心了。"说罢，母亲走到书架前，用手轻轻抚摸蓝色玻璃罐："这只玻璃罐是我和你爸爸结婚时的纪念物。现在，我和你爸爸身体都很硬朗，也没啥病，不要挂念我们。要是想我们了，你就看看这只玻璃罐吧，有这只玻璃罐在，我们就在。"我的眼泪流了下来。母亲话中多了一份怅然："你是妈妈的骄傲，可不能懦弱。不管生活多么辛苦多么艰难，你一定要挺直腰板走下去。"我一个劲儿地点着头，眼泪却不争气地肆意流淌。其实，我在心里早已不止一次地答应过母亲：我是一个男人，一定不轻易言输，一定要成熟要坚强。可我现在是怎么了，怎么还这样容易哭啊。泪眼蒙眬中，那蓝色玻璃罐像通人性似的，在书架上静静地打量着我，像是在安慰，更像是在鼓励。

调回家乡后，为了保护好这个物件，在房子装修伊始，我让木匠师傅在客厅的一侧专门为蓝色玻璃罐打了一个壁柜，好让这个宝贝摆放得更加安稳。父母特意从两百多公里外的塔河县来加格达奇帮我照顾装修事宜。那个阶段，我虽然很忙碌，日子却过得很充实。回到家乡，环境固然熟悉，但一切都要重新开始，难免会遇到一些不顺心的事。有时，越是急于解决困难，越是达不到理想的效果。母亲安慰道："万事开头难，能调回来已经不容易了，啥事都不能着急。我和你爸刚结婚时，除了买了这只蓝色玻璃罐外，啥都没有。你现在的日子再艰难，也比我们那时候强许多，会好的，一切都会好的。"说罢，母亲走到壁柜前，自信地看着那只蓝色玻璃罐，目光中充满希望。正像母亲说的那样，一切都会好的，一切也终将好起来的。渐渐地，一切真的开始好起来了，原有的难题也逐步被破解。到了不惑之年，我的生活平淡而安逸。宁静中，壁柜里的蓝色玻璃罐安分守己从容淡定。在冗长的日子里，她俨然成为家中的吉祥物和幸运神，时刻庇佑着我们全家从幸福走向新的幸福，从安康走向新的安康。

母亲突然辞世后，我撕心裂肺痛苦不堪。见我日益憔悴，亲人和朋友多次劝慰。妻子说："你这样下去，咱妈在天有灵也不会安稳的。"恍惚之中，我的眼光碰到了壁柜上的蓝色玻璃罐。蓝色玻璃罐正默默地注视着我，像是在嗔怪更像是在爱怜。我走到壁柜前，用手慢慢地慢慢地抚摸着蓝色玻璃罐。蓝色玻璃罐罐体像我刚刚流泪的脸，居然有些潮湿。我手一颤，惊呼道："玻璃罐哭了，玻璃罐哭了。"说完，身子一斜倒了下去。梦中，蓝色玻璃罐变成了母亲。她轻轻用手梳着我的头发，目光亲切而慈祥："你都有白头发了，咋还像个孩子似的？你再这样折磨自己，妈怎能放心啊！"我想告诉母亲，说自己很自责，没能履行好一个儿子应该履行的责任，没来得及尽什么孝，没来得及向她好好唠唠自己的心里话，更舍不得她这么早就离开人世……可任凭怎样去哭诉去呼喊，自己就是张不开嘴。一着急，我醒了过来。此时，妻子和天杰正坐在床前守护着我。见我醒了，妻子和天杰都松了一口气。见他们满眼是泪，我心如刀绞。我太不坚强了，让逝者不安，让生者难过，真是愚蠢至极。我是一个男人，我是一家之主，我应该站直身体从悲伤中尽快走出来。

很久以前，蓝色玻璃罐里有母亲的希望，这个希望让全家和美融洽，顺意吉祥。如今，这个蓝色玻璃罐又承载着我的梦想。这个梦想让全家生活平淡自如，幸福悠长。自打她走入我的世界后，蓝色玻璃罐始终端端正正，大大方方，用一种色彩一种风格书写着最为本分也最为本色的文字，表达自己无华的思想和丰富的内涵。她包容，对所有的不如意从不怨天尤人自卑自怜；她清婉，处世间却不染尘埃，透彻而干净；她仁厚，不求索取和回报，不管何时何地，都释放一道希望的光芒。

那天，妻子清理厨房，不小心碰碎了一只糖罐。看到撒落一地的白糖，我恍如回到了偷吃白糖的童年。妻子说："发啥愣啊，赶紧帮收拾一下，可别扎了脚。"我没去拿笤帚，却急忙走到客厅里的壁柜前，此时，那只蓝色玻璃罐正安然地端坐在上面，我一下子笑了起来，所有的轻松都写在了脸上。

1. 文中画线句使用了什么修辞手法？

_____

_____

2. 请结合全文分析蓝色玻璃罐的蕴意。

_____

_____

3. 分析最后一个自然段的含义。

_____

_____

4. 文中"白糖"一词多次出现，请分析有何寓意。

_____

_____

参考答案：

1. 运用了排比和拟人的修辞手法。

2. 蓝色玻璃罐在作者童年时期象征着甘甜，在作者离开家乡后象征着母爱，在母亲辞世后象征着希望。

3. 糖罐破碎而蓝色玻璃罐安好象征着破而后立，希望犹在，表达出在蓝色玻璃罐的守护下作者走出阴霾，满怀信心奔向明天。

4. 白糖自作者童年记忆始，自结尾终，前后相连，收尾呼应，象征着蓝色玻璃罐带给作者的美好回忆以及艰难时期的希望。

又是蟹爪兰花开时

雪花飘落时，蟹爪兰又开花了。

五年前搬新居时，母亲从两百多公里外的小县城捎来这盆普通得不能再普通的蟹爪兰，说它能给我带来好运。原以为这是一盆不起眼的花儿，自然不会使自己分心太多，只念这是母亲想给儿子的新宅增添些喜气罢了，就没太多在意于它。

人与所爱之花自然有相通之处。母亲的品格就像这蟹爪兰一样，普普通通，淳朴善良，真诚简单。母亲养育四个儿子，远比养花辛苦得多。她对儿子们呕心沥血，呵护得细致入微，直到儿子们都成家立业，还一一操心挂念。我打小就知道，母亲很想有个女儿，盼来盼去却等来四个儿子，只好狠心放弃了原有目标。也就是从这时候起，母亲学起了养花。与其说母亲养花，倒不如说母亲在表达一种心灵深处的企盼。母亲说，这花儿就像闺女一样善解人意。当然，随着母亲养花时间的推移，我们兄弟几个也都渐渐长大。起初，我对母亲养花很好奇，也很羡慕。可慢慢地，我发现母亲对养花的学问知之甚少，除了知道浇水以外，再无新招。家里的几盆花儿，也没有养得好到哪里去。看母亲边操持繁重家务边浪费精力去养花儿，我就劝阻母亲不要再浪费精力，有时间多休息休息。可母亲还是很固执地把花儿养了下去，直到迎来一片春光一片希望。

　　记忆中，这盆叫蟹爪兰的花儿是母亲省吃俭用花掉原打算买一副老花镜的钱买回家的。母亲虽然没戴上老花镜，却很喜欢看这盆蟹爪兰。她每次欣赏着蟹爪兰，都充满着无限的爱怜。渐渐地，我发现蟹爪兰已经成为母亲心中的明珠。我问母亲，这花儿为什么叫蟹爪兰？母亲说，大概因为它的茎叶成节成片，很像蟹足，才叫了这个不太雅致的名字。看我不在意的样子，母亲又将刚学来的知识介绍道：蟹爪兰是仙人掌科的花儿，西方人见这种花儿刚好在每年圣诞节期间开放，就叫它"圣诞仙人掌"。想着蟹爪兰，看着蟹爪兰，我还是猜不出母亲喜欢它的原因。那年冬天，蟹爪兰第一次开花，我一下子被它那绰约的风姿深深吸引。看我突然喜爱起蟹爪兰，母亲却嗔怪起来："一个男人，不要过多喜欢花草，看一看就行了，不可迷恋过多。"见我不好意思，母亲又说："花草跟人似的，也有灵性。只要你善待它，它就会真心回报你。"二〇〇二年的冬天，我尚在南方工作。母亲来电话告诉我，蟹爪兰开了很多花，兆头很好。我知道母亲一直盼我能调回家乡，就安慰母亲说，自己调转的事儿一定会成功的，否则蟹爪兰不会开得这么鲜艳。我知道，善良的母亲有时候很信这个。停顿了一下，母亲忽然问我："你那里有没有蟹爪兰花儿？要没有的话，下次探亲回来就干脆把它带到你那里去吧。"

蟹爪兰也确是一种吉祥的花儿。二〇〇三年，当这盆又名"锦上添花"的蟹爪兰再次开放时，我终于从南方调回了家乡。母亲对蟹爪兰关爱有加，几乎到了一种痴迷程度。可当我从南方调回家乡，母亲还是把心爱的蟹爪兰送给了我，其中的寓意不言自明。多少个日日夜夜，母亲对我的牵挂，只有与她相依相伴的蟹爪兰知道。母亲如愿以偿，蟹爪兰又成为母亲对我人生新起点最好的祝福和期盼。对于如何莳弄如何养育蟹爪兰，我知之甚少，加之忙于工作，对蟹爪兰渐渐少了一些热情。母亲也担心我会有此疏忽，故每次打电话都不厌其烦地反复提醒和叮嘱我，别忘记给蟹爪兰浇水松土。去年夏天，母亲来我这里，一进门，眼睛不看别的，直盯摆放在窗台上的蟹爪兰，见蟹爪兰没精打采、带死不活的，母亲就一个劲儿地埋怨我："像你这样三天打鱼两天晒网似的养花，花儿就会对你失去信心。"也许出于对蟹爪兰调养的考虑，母亲一改来去匆忙的习惯，在我这儿安心待了半个多月。这期间，母亲给蟹爪兰松了土加了肥还隔三岔五地给它喷水洗尘，细心照料耐心看管，犹如抚养她的孩子们一般。蟹爪兰开始生机勃勃，母亲才心满意足地离开。可谁知道，这一离开，竟然是她与蟹爪兰的诀别。

去年冬天，蟹爪兰隆重地开了半个月的花儿。我兴奋地给母亲挂电话，告诉她蟹爪兰开花了，开得很吉祥，希望母亲能来看一看。母亲在电话那端孩子般地笑了："等明年秋天去你那儿住上一阵子，我再给它换一下土，保准它开得比现在还旺。"我信以为真，想到母亲下次来又能住些天，顿时高兴起来。欣喜之余，自己当日给蟹爪兰花拍了许多数码照片。我想，下次母亲来一定要让她老人家好好看看这些照片，好让母亲再多些快乐。可是，花欲开而春不在。在蟹爪兰尚未绽放的春天，母亲突然离世，让蟹爪兰无限伤感。蟹爪兰垂泪，我心呜咽。母亲悄悄地走了，带着对蟹爪兰的憧憬永远地走了。母亲是平凡的，她没有给儿子们留下丰厚的物质财富，却留下了这盆宝贵的蟹爪兰，让它成为我整个精神世界中弥足珍贵的财富。母亲生前经常说，前人总要给后人留下个念想儿，做人不仅要为自己去做，更要为后代立个榜样。母亲是这样说的，也是这样做的，她用短暂的一生诠释了现实社会中最容易被忽略的道理：人与花一样，其价值不在于尊卑，而在于品格。

母亲走了，蟹爪兰依在。母亲去世百天后，我给这盆蟹爪兰换了一个大花盆，又换了新土。这不仅是自己对蟹爪兰的珍惜，更是对母亲的缅怀。子不嫌母丑，花儿也不嫌家寒。凝结着母亲心血与情怀的蟹爪兰，定会不断地给予我心智和情操上的陶冶。不知不觉，我与蟹爪兰之间有了一种默契一份依赖。我一改原来的不良习惯，工作再忙也要按时给蟹爪兰浇水松土，对它倍加关爱。渐渐地，我发现蟹爪兰也在展现着母亲身上所特有的美德。它不做作不矫情，朴素无华，典雅大方。它既重于色彩、重于姿态，又重于馨香和品格。含苞待放时，它平静祥和，不卑不亢；待到盛开之日，它气定神凝，低调绽放。蟹爪兰花如期绽放，我的心在隐隐作痛。泪眼蒙眬中，我仿佛又看见母亲正慈爱地望着我，望着那清新艳丽的蟹爪兰。我精神为之一振，蟹爪兰需要我，需要我来传承母亲特有的美德。我不能再伤感了，我要振作起来，要让蟹爪兰好好地生长下去，每年都开出灿烂的花儿，让母亲在天之灵得到更多更好的安慰。我知道，不管今后遇到何种困难、何种考验，只要蟹爪兰在，我的心中就能留住一种坚强。

窗外，风雪弥漫；窗内，蟹爪兰次第芬芳。

1. 请概述蟹爪兰的美德。

_____

_____

2. 请分析文章标题有何寓意。

_____

_____

3. 请分析文章第一自然段的描写手法。

_____

_____

4. 请分析和文章第一自然段有联系的段落。

_____

_____

参考答案：

1. 善良真诚、不做作、不矫情，朴素无华，典雅大方。

10

2．既寄托了对母亲的思念，同时也蕴含着对于生活的重新振作。

3．运用了对比的手法，以雪花飘落的动托出蟹爪兰的静，以严寒映衬希望，奠定了全文的基调。

4．最后一个自然段。

紫丁香

我一直认为紫丁香是最美丽的花儿。

儿时，每回推开吱吱呀呀的后窗户，第一眼看到的总是纷繁茂盛的紫丁香。祖母不太喜欢素雅的园子，遂从娘家移来一棵紫丁香树苗。在祖母细心照料下，幼苗长得生机勃勃，不到两年，就成了如伞状的紫丁香树。祖父不喜欢养花儿、养草儿，认为还是种点儿黄烟比较实惠。可没等祖父来得及多反对，紫丁香花儿就已悄悄绽放。这些花儿成紫粉色，四瓣一小朵，数十小朵一簇簇、一团团竞相开放，开得让人精神为之一振，开得全家人心境豁然开朗。于是，祖父不再拒绝紫丁香；于是，紫丁香用宁静营造一种和谐，用气息焕发一种精神，安心绽放，健康成长。

我的童年因紫丁香色彩绚丽。扶着窗棂，我咿咿呀呀唱着只有风听得懂的歌儿。祖父在后园里侍弄着那块只种黄烟的自留地，听着听着，忍不住直起腰转过身"呵呵"地笑道："等你长大了，娶个像紫丁香一样的媳妇吧。"我当然喜欢紫丁香一样的媳妇了。母亲说，男孩子爱花儿没出息，长大了容易欠花债。对于母亲这一说法，我一开始就不以为然。难道喜欢欣赏紫丁香，喜欢闻紫丁香的气息，就要欠债吗？我喜欢素雅的风格，喜欢像紫丁香一样的女孩儿，可我只喜欢一株啊，只深爱着一株。我不贪多，也不欠谁的债。而今烟花弥漫，能不欠多余的债实属不易。少言寡语的妻子对我这个帅哥能几十年如一日不欠外债的美德，不加评论只报一笑。我想，妻子一定是被我这独恋丁香、只钟爱一种花儿的情怀感动得不知说什么好了。这样想后，不仅轻松了，也为自己感动起来。是的，我只喜欢品一种气息，那，就是我深爱着的紫丁香。

我喜欢紫丁香树的色彩，更喜欢她那不矫揉造作的姿态。真的，①紫丁香不似牡丹那般华贵，也非梅花那样冷傲；不似莲花孤芳自赏，也非菊花自我张扬。她所独有的，是朴实典雅沉稳大方。她不挑剔生存环境，不依赖气候土壤。只要给她一寸空间，她就能默默生长，温存绽放。她纯洁，不拘泥不虚伪不染尘埃，持重专一馥郁馨香；她清新自然，优雅大方，美丽却不妖艳，朴实而不庸俗；她善良，不讨宠爱，不争名利，谦逊礼让，和谐绽放。紫丁香色彩清纯迷人，气息更是清新怡人。在你不知不觉中，她就在不远处，静静地给你送来阵阵幽香，让你在行走中情不自禁停下脚步驻足欣赏。你嗅了又嗅，品了又品，直到把你的心灵荡涤无尘。我可以在任何场地与任何人宣布：我就喜欢紫丁香的纯美气质，我就喜欢紫丁香的淡雅风格。因紫丁香，自己拥有了一份宁静也多了一份祥和；因紫丁香，自己拥有了一份洒脱也平添了一种豁达。紫丁香开了一年又一年，那花儿的色彩依然未改，那散发的气息依然清新悠长。在紫丁香的庇护下，我的家族虽没有多大的富足和荣耀，却也平平淡淡、清香不绝，这样过了一天又一天，一年又一年。

紫丁香极具内涵。凡是有紫丁香绽放的地方，必定生机无限。在你生命的土地上，只有紫丁香才会陪你从春入夏，播撒一道又一道大好时光，一片又一片新希望。紫丁香也最富有诗意。一抹雨帘，一把油纸伞，再有一位如紫丁香般的姑娘。每当看到紫丁香，这幅画就会自然而然地呈现在我眼前，让我流连忘返，如痴如醉。紫丁香给予我诗情画意，更给予我一种牵挂，一种思念。离开故乡二十六年了，故乡的紫丁香经常走进我的梦里，陪我走向天边。每每想起故乡，就想起了紫丁香；每每回忆起童年，就仿佛看到了屋后的紫丁香。我现在居住的山城，也有紫丁香，但是我总感觉比不上故乡的紫丁香。虽然她们同出一族，同连一根，但是她们所萦绕的梦不同，所盘结的魂不同。去年回乡时，已过紫丁香绽放期，在惆怅、遗憾和感伤中，自己迟迟不忍离开故乡。我知道自己在寻找什么，在牵挂什么。我是寻找一类颜色，一种姿态，一抹气息。我知道这些纯属枉然，但我还是固执地寻找下去。因为，在我记忆中，紫丁香就是我的整个童年。

紫丁香也是最有灵性的花儿。你快乐时，她会陪你微笑；你悲伤时，她会陪你流泪。二〇〇八年，在紫丁香将要绽放时，母亲突然离世。极度伤痛中，紫丁香树凄凄呜咽，在哀婉中悄悄绽放。透过模糊的视线，我仿佛看到紫丁香丛中母亲那慈祥的容颜。为母亲守孝期间，我呆立在母亲的墓前，大脑一片空白。墓地四周青松苍翠，白桦婀娜，可我还是感到少了些什么，可一时间又想不起来是什么。返回山城后的一个清晨，自己在北山公园中漫无边际地散着步，不知不觉地来到一排相拥绽放的紫丁香树前，眼前顿时一亮，心情瞬间好了许多。轻松中我恍然大悟：原来母亲的墓地不就是缺少几株盛开的紫丁香树吗？母亲和祖母一样，生前最钟爱紫丁香。我想，紫丁香一定会成为陪伴母亲安息的最忠诚的花儿。给三弟挂电话，我告诉他，百天祭奠时，一定要在母亲墓周围植几株紫丁香。母亲若在天有灵，一定会深感欣慰，她也定会化成美丽的紫丁香，保佑和庇护她的儿孙们，给全家人带来一份吉祥。

紫丁香花开花落，在我的生命里留下一次又一次的感动。我知道，自己今生再不会喜欢别的花儿了，②因为，我已然成为一株常开不败的紫丁香。

1. 请结合全文概述紫丁香的特点。

_____

_____

2. 请分析画线句①的修辞手法。

_____

_____

3. 请分析画线句②的含义。

_____

_____

参考答案：

1. 宁静和谐、淡雅朴实、不矫揉造作、极具内涵、富有灵性。

2. 排比和拟人。

3. 表明作者继承了紫丁香的优良品质，寓意着传承，同时表达了面对生活迎难直上的决心。

雪　歌

　　我盼望下雪，就像盼望一个盛大的节日。

　　终于下雪了。轻轻拉开窗帘，雪花在窗外肆意飘舞着，就像飘舞着一段久远的记忆。终于可以把莹洁的雪放在口中细细品尝，终于可以在雪的世界里感悟大自然冰凌般的风格，也终于可以在雪的世界里放声高歌。

　　我没有淡忘雪的色彩，也没有淡忘雪的姿态。银装素裹，洁白如云。景色装点得如梦如幻，气息清凉得沁人心脾。真的，我记得雪的模样，就像记得我的朋友；我记得雪的模样，就像记得我童年的时光。真的，只有雪的色彩是简简单单的，只有雪的生命无牵无挂。飘荡后，沉寂下来的不是雪，而是整个世界。在雪濒临的瞬间，整个世界多的是一份沉重，少的是一种期待。飘飘洒洒，雪在降落中是自由的，在濒临大地时，它又多了一份责任。它来到这个世界，并未打算改变世界的色彩，并未打算长期占有这世界的每一个空间，只是在它到来后，这世界上少了一份寂寞，多了一份祥和。

　　其实，清白的总有些冷，雪也不例外。外面的世界很精彩，外面的世界很洁白。一个人可以做到踏歌起舞，却不见得能踏雪而歌。雪是一份奢侈的礼物，不见得任何地方都能获得一场雪，不见得所有人都能欣赏到一场雪。不知不觉，城市、乡村、平原、山区，都被雪装饰一新。在雪的点缀下，群岭、山坳，路人、街道，一切的一切，似乎多了一份耀眼的清灵。我痴痴地欣赏着、品味着，直看得雪使山川手舞足蹈，直看得雪使江河不再流淌。它飘飞着，让我的心在天空中舞动；它飘飞着，让我的心在天空中歌唱。哦，白茫茫的滋味，白茫茫的芬芳。

我珍爱雪，就像珍爱梦中的姑娘，就像珍爱即将逝去的青春时光。这雪让我的浪漫更加晶莹，这雪让我的纯真更加悠长。我是雪的弟子，我是雪的儿郎。在这奔腾的北国雪原上，我有如雪般的羽翼，我有如雪般的衷肠。我怎能把雪抛弃，又怎能把雪来遗忘。天地造物，自然给予了我们生存的空间，也给予了其他生命存在的理由。风、雾、雨，还有这皑皑的雪，都足以让我们产生丰富的遐想与悬念。我们还有什么理由来拒绝，又有什么理由不去感动？在感动中，我们无愧父母，无愧自然，无愧天地，更无愧于这个苍茫的世界。是这苍茫的世界在提醒我们：一年四季，总还有洁白的季节；滚滚红尘中，总还有一尘不染的记忆在散发着弥留不散的馨香。

我喜欢收藏雪，我喜欢记录雪。我收藏雪，其实就是收藏人生的亮点，就是让生命绽放出洁白的花朵；我记录雪，其实就是为了焕发一种光彩，就是为了在心中留存一份圣洁。降临时赤裸，离去时孤独。生与死的道理，朴实而又简单。一个人应该有雪的气质，更应该有雪的胸怀；应该有雪的轻松，更应该有雪的洒脱。若如此，行走在雪的世界中，就敢和世间所有的凡尘搏斗，就敢和世间所有的冷漠较量。我始终坚信，这个世界还有很多东西是干净的，除了这雪以外，还有一切美好的理想，一切真诚友好的善良，一切如冰清玉洁般的希望。真的，在雪的映衬下，就该把世间芜杂彻底抛到另一个世界。走下去，把雪来记载；走下去，把雪来收藏。一种景色，就是一种人生态度；一种景色，就是一种人生境界。

　　我的态度不会因雪而冷漠，我的真诚只会因雪而越发纯洁。雪歌一曲，激情在雪中燃烧，生命在雪中闪光。

　　1. 请结合全文分析作者盼望下雪的原因。

_____

_____

　　2. 请分析雪在文中指代的是什么。

_____

_____

　　3. 请分析雪令作者感动的原因。

_____

_____

　　4. 请分析作者喜欢收藏和记录雪的原因。

_____

_____

参考答案：

　　1. 雪令人感悟自然，雪能够带来祥和，雪可以装点景致，雪可以引人遐想。

　　2. 气质、胸怀、轻松和洒脱。

　　3. 在感动中，我们无愧父母，无愧自然，无愧天地，更无愧于这个苍茫的世界。是这苍茫的世界在提醒我们：一年四季，总还有洁白的季节；滚滚红尘中，总还有一尘不染的记忆在散发着弥留不散的馨香。

　　4. 收藏雪，其实就是收藏人生的亮点，就是让生命绽放出洁白的花朵；记录雪，其实就是为了焕发一种光彩，就是为了在心中留存一份圣洁。

笑起来有多好

记得小时候看过一部叫《苦恼人的笑》的电影，一上映就引起了广泛共鸣。那时我还很小，没有什么深刻印象，只知道人们对这影片评价很高，人们终于可以把心里的压抑和苦闷倾诉出来，终于可以发自内心地开怀一笑了。

笑是一种点缀，笑是一种表露，笑更是一种心情。真正的笑不是轻易产生的。现如今，每个人的压力都很大，挑战都很多，要想开心一笑难上加难。不说笑是一种奢侈品，但笑真的不是一件容易的事。不信，你仔细观察一下街上所有的行人，去看看他们的面目表情，还有多少人能流露出真实的笑容。行色匆匆，脚步杂沓，而表情多为疲倦和茫然。笑似乎消逝了，笑似乎远离了我们这个时代。也许我们真的太忙碌了，也许这个时代太物质了、太现实了，使我们需要的那种笑变得越发珍贵起来。我们真的太需要笑了，需要发自内心尽情地一笑。然而，这种发自内心的笑，又是多么的可遇不可求啊！

笑哈哈，笑吟吟，笑嘻嘻，笑眯眯，老百姓一年到头，不就图个高兴吗？前几天，偶然在网络电台上听了一段笑话，居然使自己笑出声来。这笑话大意是说，一只壁虎在证券公司门口迷了路，这时爬过来一条鳄鱼。壁虎一见连忙上前就抱住了鳄鱼的腿，大声喊"妈妈"。鳄鱼回过头来怜惜地叹了一口气："孩子，刚炒了半个月股就把你瘦成这样了。"可笑归笑，却经不住细嚼慢品，几分钟后心情又沉重起来。一句话，我们的笑不正是被这些耳濡目染、亲身体验、切身感受到的烦事、憾事、琐事、无奈之事给消磨殆尽了吗？

如果说，真正的笑一次比过一次年还难的话，那么，我们真的该祈求上苍多给予人间一些难得地笑了。笑的内涵很丰富，也很有学问。笑可以藏尽万千玄机，要不，怎么有笑里藏刀、笑里藏奸之说呢？尴尬的笑、无奈的笑、迷惑的笑、牵强的笑、阿谀的笑、献媚的笑、癫狂的笑、皮笑肉不笑，凡此种种，笑的形式多种多样，像云像雾，很朦胧，也很虚。这虚，谓之虚伪或谓之虚假，不做深究。既然笑这样有说道，那么，笑真的可以不断培养。时代需要笑，老百姓更需要笑。我们一定要研究出这笑的起因和价值，毕竟，这种笑不是装出来的，不是人为制造出来的，而是情不自禁，不约而同的，是开心的、爽朗的、轻松的、幸福的，更是和谐的。

笑也是一门艺术。艺术的价值能提升笑的品位，丰富笑的内涵。近些年，有关振兴相声艺术的话题很多，这也充分说明，我们的生活和生命中离不开笑。经济发展了，收入稳定了，生活无忧了，会产生笑；国家统一了，民族昌盛了，社会和谐了，会带来笑；利兴弊除了，风调雨顺了，国泰民安了，会孕育笑。健康的笑是时代发展的生动音符。没有这样的笑，时代发展是不健康的，社会进步是残缺的。

笑可以抒豪情，笑可以壮国威。如果把每个人的笑汇聚在一起，完全可以震撼整个世界。反动势力和敌对国家不希望也不甘心我们的国家和人民笑口常开。我们不要奢望或祈求它们能给我们带来笑，更不能因为它们的干扰和阻挠而放弃我们的笑。笑起来有多好。为了笑，我们中华民族所付出的努力和代价已经够多的了；为了笑，我们还要不断地凝聚智慧和力量。毕竟，几个人的笑不一定重要，一个民族的笑才是最重要的。让我们来回顾一下近百年来中华民族几次难得的笑吧：抗日战争胜利、新中国成立、志愿军凯旋、"两弹"试验成功、"四人帮"被粉碎、香港回归、申奥成功……

微笑收笔，愿君一笑。

1. 结合全文概述笑的特点。

_____

_____

2. 请分析最后一个自然段在全文中的作用。

_____

_____

3. 请结合自身谈谈你对"笑起来有多好"的看法。

_____

_____

参考答案：

1. 笑是一种点缀，笑是一种表露，笑更是一种心情，笑不是一件容易的事。真正的笑不是人为的，应该是情不自禁的。笑可以抒豪情，笑可以壮国威。

2. 作者全文，紧扣文章"笑"这一主题，并寄托对社会国家的美好祝愿。

3. 联系生活实际，言之有理即可。

文人的茶杯

文人多品茗，茶杯话人生。

自古文人就与茶杯结缘。文人不一定对品茗有多少研究，但一定要有一盏甚至多盏得心应手的茶杯。我不知道孔子、孟子、荀子、老子、庄子、墨子、韩非子等"子"们，是否真的爱品茗、擅品茗、会品茗，但他们的确离不开品茗用的器具。对，就是那种饮水用的原始青瓷杯。具体形状，"多为椭圆形、浅腹、长沿旁有扁耳"，这似乎是古时候文人们所用茶杯的普遍造型。若不弄个装茶、品茗的器具搁置身边、放置眼前，那他们还怎么能文思泉涌、成就千古文章呢？又怎么能让灿烂辉煌的竹简典藏入阁、汗牛充栋呢？还不早就口渴得江郎才尽、文酸诗涩才怪呢。

其实，同普通人的茶杯相比，文人的茶杯没有什么明显的不同。所不同的是与文人共同享有的身份、身价罢了。文人的品位分高中低，文人的茶杯也要分大与小。用来品乌龙的那种很小的茶杯叫品茗杯，是与闻香杯配合使用的，多为文人们聚会时才拿出来。大的呢，则多为文人们独自品茗用的。就像酒杯也叫酒盏、酒樽、酒盅等一样，茶杯也有几个别名。是叫茶杯、茶盏好呢，还是叫茶碗、茶缸子好呢？一般情况下，文人们是不太愿意计较的。要说计较，那只能是在品茗时应该注重的细节、礼节和

21

小节罢了。而文人们品茗的姿势，一直没有定式。听说，江浙一带的文人每每品茗时，多以碗为主，多为那种左手端着茶杯的托，右手拿起茶盖把茶叶往一边拨一拨，其动作甚为优雅，其茶令人垂涎，而其茶碗呢也多出几分雅致来。

文人的杯子确实要雅致。攀附风雅的文人，自然要注重茶杯的外观与造型。小到花与草，大到龙与凤，一字一文，一雕一刻，无不显示出文人的兴趣、思想、理念、情怀和风格来。有人说，文人对茶杯的欣赏，可比对女人的欣赏。要是碰到一盏自己钟爱的茶杯，文人总是爱不释手，心动不已，即便价格不菲，也定要挥金买下。当然，古今多少文人，与茶杯相邀的热情，最终都小于和红颜厮守的劲头。文人品茗，杯也欣然茶也欣然。在钟情茶杯的同时，也有文人将茶与女人二者联系在一起，遂成"女人好有三比"之说：妻子如白水，情人似醇酒，朋友胜清茶。这种比喻似乎有些嬉戏之意，却也颇为妥帖。白水淡而无味，一生却离不开、少不得；美酒酽酊浓香却多饮不得，过饮则伤身乱性，铸成大错；而清茶可以静气平神，清心养性。

文人有雅量，茶杯有度量。我不知道最早的茶杯高多少、粗几何、口多大，但是，从文人的喜好上看，不管是哪个朝代，在饮酒方面所用器具应该是越大越好；而在品茗方面，茶杯则一定是越小越好。一个饮，一个品，把杯子的度量也就勾勒了出来。屈原的品质人皆共知，咱就不说了，单说他的雅量。有人说屈原心眼小，走极端，爱国就爱国呗，干吗还跳江呢。但我认为，屈原不仅是有气节，更主要的是他有文人本质上的气魄。纵然再高、再粗、再大的茶杯，也无法容纳下他特有的信仰与品格，只好任由汨罗江将他的梦承载千年万载，延绵不绝。

文人遵品，茶杯循道。屈原的品质和遵循的理念，都离不开一个"道"字。我有一个未曾谋面的朋友，他起了一个很有趣的网名，叫"大道不空"。是啊，真正的大道，其道理和内涵该有多么的广泛而又丰富啊。我没有宣扬老子《道德经》的意思，但真正的道，一定要含有本体、准则、规律、道理、道德之意。所以，一个文人所倡导所遵循的不仅是要有品，更要有道。以茶雅志，以茶立德。所谓文道，自然形成。正如此，文人的"道可道，非可道，名可名，非常名"才能在田园风光之中呈现出诗情画意来。蒙蒙之中，袅袅茶气将文人的品质和道德从茶杯里缓慢萦绕起来。此时此刻，文人的"道"已不再简单地停留在一杯香茗和一卷诗书之中了。

　　文人们常把人生比喻成品茗，也常将自己与茶杯置身于一种特殊的环境中。明朝文人陆树声在《花寮记》中，讲饮茶的理想环境为凉台、静室、明窗、松风、行吟、清谈、把卷等。唉，文人的矫情，茶杯早知道。是寂寞，是躁动，是奔放，是伤感，是兴奋……文人的茶杯啊，对文人虽然称不上体贴入微，可也是知冷知热。文人孤独失意，茶杯就惆怅落寞；文人春风得意，茶杯就器宇轩昂。悠悠岁月，茶香不绝。茶杯在"文士茶"的道路上所贡献的，除了特有的文化外，还有的，就是内在的道德实践和挥之不去的灵魂。

　　"从来佳茗似佳人"，文人的茶杯被唐诗宋词渲染得柔情四溢。文人啊，所追求的完美境界和超然心态在茶杯中略见一斑。一杯握在手，江河也风流。茶杯是文人的文化传承，茶杯是文人的思想延伸。文人用杯盛茶，如苍宇载青山绿水；文人与杯相遇，如同自然与万物生灵为伴。文人的茶杯，是采撷天地灵气，

23

挥洒春秋厚韵的最好的器具。文人的一篇好文章，读来，也如上品一般，馨香淡雅，隽永悠远。文人的酸甜苦辣、宠辱兴衰，在茶杯中冲泡、荡涤，最后淡淡飘散，只留万千洒脱于轻松之中。

文人好求胜，茶杯不服输。以"斗茗""茗战"之说的斗茶，萌发于唐，兴盛于宋。那时候，文人们手握茶杯，比技巧、斗输赢，将品茗的形式和社会化活动融入一种很强的胜负色彩中。也正因如此，茶杯在文人们的手中才多了几分趣味性和挑战性。正如文人代表苏东坡《送南屏谦师》诗云："道人晓出南屏山，来试点茶三昧手。忽惊午盏兔毛斑，打作春瓮鹅儿酒。天台乳花世不见，玉川风腋今安有。先生有意续茶经，会使老谦名不朽。"文人斗茶，说白了，斗的就是一种心气、心劲儿，与茶杯关系不大。当然，倘若无茶杯，文人们也只能斗一斗共有的书生之气了。

文人有文人的品质，茶杯也有茶杯的尊卑。紫砂杯、瓷杯、金属杯、玻璃杯、纸杯，等等，无论何种材质，只要经名家一端，茶杯顿时身价倍增。文人的手指在茶杯上轻轻滑动着，茶杯在文人的手中兴奋异常。文人有礼数，茶杯也谦恭。文人相聚，总是一边寒暄、客套，一边托举和把玩着手中的茶杯，或豁然开朗，或若有所思，一并慢慢品来。品茗之中，茶杯所散发的茶香和热气，满屋萦绕，文气不绝。文人泡茶，茶杯标价。文人的表情、表达乃至表演，反映在茶杯上却也不同。风流倜傥者，茶杯亮丽；豪爽直率者，茶杯厚重；优雅大方者，茶杯端庄；故作高深者，茶杯暗淡；虚伪浅薄者，茶杯粗劣……正所谓，金杯、银杯，不如一个好的口碑。对茶杯如此，对文人本身更是如此。

文人因杯而聚，茶则因人而生。品茗茶色，素养四溢，余味缭绕。茶杯所提供的"苦茶""甜茶""回味茶"，令文人们感慨万千，回味无穷。文人宁静致远，茶杯则平淡无奇。在文人的咏叹声中，茶杯所积淀的哲理日渐深厚，为文人褪去俗气、小气、酸气和晦气，聚来秀气、志气、豪气和大气。茶杯任由文人纵横驰骋、豪情万丈，而文人则在杯中汲取到茶的清新，杯的恬静，心的淡然。文人感叹世间万物中的禅意，体会茶杯中蒸腾而出的高洁。盎然之时，文人的一诗一文，都随茶杯中的清香徐徐盘绕，久久不绝。

文至收笔，月光如茶，夜空成杯，而心境在温暖的茶杯中灿若晨星，四溢飘香。

1. 结合全文分析文人和茶杯的关联。

_____

2. 文中画线句用了哪种修辞手法？

_____

3. 文中第五自然段在文中起什么作用？

_____

4. 谈谈你对"文人的茶杯"的理解。

_____

_____

参考答案：

1. 文人一定有一盏甚至多盏得心应手的茶杯；人的品位分高中低，

25

文人的茶杯也要分大与小；茶杯的外观与造型显示出文人的兴趣、思想、理念、情怀和风格；文人有雅量，茶杯有度量；文人遵品，茶杯循道；文人们常把人生比喻成品茗，也常将自己与茶杯置身于一种特殊的环境中；茶杯是文人的文化传承，茶杯是文人的思想延伸；文人好求胜，茶杯不服输；文人有文人的品质，茶杯也有茶杯的尊卑；文人因杯而聚，茶则因人而生。

2. 比喻。

3. 承上启下的作用。

4. 联系生活实际，言之有理即可。

怀 旧

那年，父亲去南方看我时，把戴了多年的上海牌手表从腕上摘下来递给我说，这表走得很准，抗震耐磨，你就留着吧。我当时不以为然，心想，一块戴了二十多年都老掉牙了的手表，能有多大的魅力和价值呢？可自己又不好说什么，毕竟是父亲的一片心意。于是，自己找了一个小盒子，只把它作为一件怀旧的物件收藏了起来。

岁月时针滴滴答答地将我从青年敲到了中年，不知不觉了无痕迹。从南方调回家乡后，我很久没有注意这块手表。前几天，在书架上找一本资料书，不经意间发现了它。看着敦厚明亮的全钢上海表，我感慨无限，也理解了父亲当时的心情。岁月苍苍，云烟不停地萦绕我的年轮，我的思想越发厚重，越发殷实。少年懵懂，青春好梦，直到步入中年，我才发觉自己已渐渐产生出一种怀旧的情结。这怀旧的主题随着钟表的转动越来越鲜明，怀旧的频率也越来越高。

也许有人会说，你这年龄怀旧有点儿早，怀旧该是老爷爷老奶奶经常做的事情。不错，带着老花镜、拄着拐棍坐在檐下痴痴遐想，应该是怀旧的形式。可一个人若只知道向前看，不去回顾和总结，就是到老了，也想不起来一生都干了些什么，那样的话该多可怕啊。一位哲人说过，善于怀旧容易忽视现实。细细琢磨，不无道理。我这人虽说不喜欢追新潮赶时尚，却也不是那种天生就眷恋往事的人。善于或者说是擅长怀旧，必然是要动动脑子、花费些时间的，也肯定会忽视一些现实里的小事、小节，比如交友、娱乐、睡觉，起码容易在其间走神或做梦。窃以为，怀旧绝非什么坏事，至少说明记忆尚好、大脑活跃。对美好的事物、美好的传统、美好的往事或故事，时常回顾一下，时常怀念一下，也是一种乐趣和良好的习惯。当然，怀旧时不能一味地去盘桓和纠结，那样容易疲惫神经模糊记忆，不利于身体健康，也不利于展望未来。

妻子问我晚上想吃点儿啥，我说想吃土豆丝。妻子困惑不解，我重复道："我想吃小时候妈妈炒的那种土豆丝。"电视里，各大频道竞相播放着肥皂节目，令人生厌而无聊。一阵久违了的清香从厨房里飘散开来，我精神为之一振，从沙发上站起身来。这几年，每近春节，我都喜欢徘徊在各大商场和超市中。不为别的，就是想收集一下将要挥发殆尽的年味儿，找寻那逝去了的美好气息。走着走着，忽然发现前面糖果架前摆放着一匝五颜六色的糖球儿。一瞬间，那亮丽的色彩像磁铁一样牢牢地吸引了我。

我不顾服务员诧异，急不可耐地拿起一枚含在嘴里。一股沁人心脾的甜润把自己陶醉得一塌糊涂。"先生，您要买吗？"服务员期待着。"对，买买买，给我包二斤。"我忙不迭地点着头说，生怕失去了这失而复得的美妙感觉。

怀旧有时伤神、伤情甚至伤心。时下，你在任何一个地方，只要细心观察，就不难发现，匆忙的路人脸上多为茫然、疲惫和愁苦。这就不能不让人去怀念未曾久远的年代。那时，人们脸上可多是灿烂的、轻松的、希冀的。我怀念儿时在辽阔的大地上放飞风筝的情景，更怀念那时高远蔚蓝的天。现在呢，除了失望还会有什么？城市在肆无忌惮地拓展，农田在无助之中萎缩。那一望无际的原野越来越少，遮挡我们视线的除了不断拔高的楼宇还有灰蒙蒙的天。忽然停电了，深夜中的卧室一片漆黑。我摸索着从床头柜里翻出一截蜡烛来点上，室内顿时绽放出一片温暖来。在跳跃的烛光中，我仿佛又回到了儿时，恍惚中，母亲在煤油灯下依然纳着鞋底，她的神情是那样专注，那样慈祥……

怀旧如影随风。该不该怀旧、怀什么样的旧似乎都不是主要问题，问题的关键是，我们该怎样怀旧。一些人把怀旧当成了一种时尚、一种时髦。背粗布背包，穿带洞的裤子。就连一些喝惯了高档瓶装酒的人，也喜欢弄来一坛作坊造的小烧儿，泡上一些枸杞子、人参等，美其名曰：品尝怀旧的滋味。这哪里是怀旧啊，分明是在养生嘛。真正的怀旧是一首老歌儿，在悠长的记忆中舒缓荡漾。岁月匆匆，世事更迭，这首老歌儿依旧鸣唱着永不更改的旋律。那年，我乘大巴去旅游点。车上的游客不怎么多，一路上大家似乎都打不起精神来，甚至有些昏昏然。这时，司机不知从哪儿弄出一张红歌光碟放了起来。明快欢畅的曲调使大家为之一振，顿时都来了精神，有的还情不自禁地跟着哼唱起来，而我的思绪也随着那昂扬的旋律向窗外飘荡。我似乎又回到了戴红领巾蹦蹦跳跳上学的童年，回到了夜幕中坐在打谷场上看露天电影的快乐情景中。

有人把怀旧与仿制联系在一起。没有商业价值，绝不怀旧；只要有了商业价值，就无所顾忌、漫无边际地乱怀旧，根本不考虑什么实质意义和社会效益，只在乎能有多少既得利益。看了一眼新版《红楼梦》，自己再也打不起精神往下看。真怀念八七版的《红楼梦》，那样的纯美，那样的清新。中国男篮演绎的"群殴门"，以及中国足球赌球案连续东窗事发，失望气愤之余，我更加怀念二十世纪八十年代那生龙活虎、催人振奋的体育风貌。怀旧似乎有种衰老的味道，没有生机，也不易产生出什么情调。这也许是一些人对怀旧不屑一顾的原因，他们一定会认为怀旧是一种倒退，而追求新潮才是走在时间前面。如今，人们生活水平日益提高，粗茶淡饭与生活清贫已不再等同。很多人吃腻了山珍海味，到处寻找农家传统茶饭。一些农家乐山庄如雨后春笋般诞生。这当然有迎合人们消费需求的原因，但还有一层，就是它抓住了人们容易怀旧的情结。真的，有时怀旧会成为一种良好的教育形式。怀念中肯定有怀旧的因素，所以，在怀旧中进行红色旅游，比如已经组织过的"重走长征路"啦，寻访抗日老兵回忆一下烽火岁月啦，一定会火。虽然这样的怀旧或说是传统教育比较辛苦，但是很有意义。

怀旧是一种思绪、一种情感，更是一种理念。善于怀旧，有时能防止"跑偏"。网络时代，一些网络语言似野火蔓延，一发不可收拾。一些诸如"奔奔族""躲猫猫""菜了"，等等，让人目不暇接。就连传统的一些词汇都被赋予了新的内涵，什么"稀饭"了、"沙发"了、"潜水"了，等等。这也就不难理解，为什么一些中小学生容易把网络语言带到作文中。我不是汉语言大师，也不想评价当今汉语言的走向。我只是怀念传统的或称为正统的语言表述氛围。这不是简单的怀旧，更不是故步自封、停滞不前。我认为，继承传统的精华，其实就是预防糟粕的滋生。中华民族的瑰宝不能丢，良好的事物和秩序需要代代传承，这关乎民族的走向、民族的命运。

父亲送给我的这块手表就像一块美玉，端庄、纯美。虽然早就停止了走动，但是它依旧散发着一种历经沧桑的浑厚，释放着一种永不过时的能量。我做了一个决定，把这块手表拿到钟表店好好维修后戴起来，让它陪着我独享一种怀旧的美。

1. 结合全文分析怀旧的特点。

_____

_____

2. 请分析手表在文中的作用。

_____

_____

3. 请分析怀旧的作用。

_____

_____

4. 为什么说"怀旧是一种理念"？

_____

_____

参考答案：

1. 怀旧令人有失而复得的美妙感觉；怀旧有时伤神、伤情甚至伤心；怀旧是一种思绪、一种情感，更是一种理念。

2. 引申出时间的流逝，继而引出下文怀旧的主旨。

3. 怀旧如影随风；怀旧是一种良好的教育形式；善于怀旧，有时能防止"跑偏"。

4. 继承传统的精华，其实就是预防糟粕的滋生。中华民族的瑰宝不能丢，良好的事物和秩序需要代代传承，这关乎民族的走向、民族的命运。

送稿子，袁丰就下意识地从桌底下找出个粗糙的烟灰缸，放到桌上。我独自悠然地吸烟，而他则低着头仔细地看我的稿子。我和袁丰喝过几次酒。袁丰一喝起酒来，就像换了个人似的。话匣子打开了，天南地北，潇洒指点，活生生的一副天降大任于斯人的样子。我知道，一个人在行程上不能只感觉自己有多么多么困难，那与你邻近跋涉的人，或许也有和你有相似的苦与累。那次，我与袁丰喝了很多酒，我们俩各自交换着对人生、对创作、对现实社会等各方面的观点和看法。不经意间，我发现在淡淡的醉意中，袁丰那迷蒙的眼里，蔓延着难以名状的感伤。

我们这个社会，有许多不如人意的地方。有的是一种弊端，有的是一种惰性，有的是一种顽症。这些，都是任何社会、任何时代里同有的一种现象。但我们毕竟是一个有热血有思想有作为的人，除了爱家的责任外，我们还有爱国的一片丹心啊。我深知，自己已经在跋涉的路上了，很难再停歇下脚步进行一番休整，让大地去为你脸红。那样做，愧对大地，更愧对生命。我调回故乡的那年，刚好赶上全国撤销县级报社。在我走后的那年冬天，袁丰下岗了。春节前，袁丰一家生活难以维生，连灌当地传统腊肠的钱都没有了。生活上的苦难，使一向乐观的袁丰也不得不外出打工，每月邮寄回一些散钱来供妻儿生活。

我在那论坛上给他留了祝福的话。没过两天，袁丰就热切地跟帖，说他现在的日子已经很好了，条件优越，让我给他留下电话号码好联系。我把自己的手机号码留在了那论坛上，想和他述说一下友情，也顺便了解一下他近来的状况。几天后的中午，袁丰果真打来电话，我一看那电话号码，是个座机号。袁丰告诉我，他现在是荆州市某局的秘书啦，虽然是聘用的，但是一个月下来，还是可以拿千把块钱。兴奋之情在电话那端不断向我涌来。我真的被袁丰感染了，也笑了起来。我真的替袁丰高兴，虽然心存一丝怀疑，但也还是如释重负。

其实，我身处的艰辛又比袁丰好多少呢？我回来了，从遥远的异乡回来了，需要我去重新打拼，所要面对的困难还有很多。我知道，创业之路没有尽头，即使走完一段路，也不能调整行走的方向，也不能改变行走的姿态。我相信，袁丰生活状态会好起来的，我们这个社会不是排斥勤奋耕耘的社会。只是，需要不断体现自己的价值，需要在不懈的努力中提升自我，改变自我。袁丰是这样，我自己更是这样。

捐出一颗心

这件事过去已有十年了。十年前，汶川大地震，也就是那年，有两位老人，让我刻骨铭心。

两位老人是夫妻，当时都七十多岁了，和我家是邻居，住在三楼。老爷子身体还行，老太太身体却病病歪歪。他们没什么经济来源，仅靠在南方打工的儿子定期寄回一点儿钱来维持生活，日子过得很节俭也很艰难。

记得汶川大地震后的一个午后，我下楼准备上班。当到三楼时，被等在门口的老爷子喊住了。原来，他们老两口想为灾区捐款，却不知去哪里捐。我向老人介绍，城区的步行街就有民政部门的捐款处。老爷子一听，连忙转身向屋内喊道："老婆子，快穿鞋，咱们现在就去。"屋内似乎有什么东西被碰倒了。老爷子有些不大好意思，说："上了岁数，让你见笑了。"我由衷地说："像您二老这么大年纪，身体还这么硬朗，真令人羡慕。"捐款处离我单位不远，我决定顺路送两位老人去那里。听我这样一说，老爷子高兴起来，一个劲儿地说："那敢情好，那敢情好。"

就这样，老爷子右手夹着一个编织袋，左手挽扶着老太太，随我一起慢慢地下了楼。

　　一路上，两位老人的精神显得格外好。老爷子很健谈，一会儿问我工作忙不忙，孩子学习成绩咋样，一会儿又指点着街道两侧的新景观给老太太看。我则小心翼翼地照顾着他们一起向前走去，步子有些慢，但是都很轻松。商业步行街处的大幅捐款宣传牌格外醒目，两位老人还没靠近捐款处，就开始激动起来。我把两位老人挽扶到捐款处的民政工作人员桌前。一听说两位老人来捐款，工作人员不敢怠慢，连忙找来两把椅子请两位老人坐下。老爷子神情紧张而又严肃，小心地把编织袋放在桌上说："这是我们的一点心意，希望能为四川人民做点贡献。"老太太在一旁也不住地点着头，却说不出一句话来。打开编织袋的一瞬间，我和工作人员都愣住了。里面尽是些散碎的纸币和硬币，最大面额的也就是一元。看到工作人员迟疑的样子，两位老人显得有些局促。老爷子说："这些钱，是我们平时省吃俭用留下来的。我们知道这些没有多少，可这是我们的一颗心啊！"我心头一热，赶紧向工作人员介绍老人的生活情况。经我这么介绍，工作人员显得有些激动，马上仔细地进行清点。不一会儿，数字就出来了，一共是一百八十九元三角。老爷子一听，赶紧向老太太伸出手："快把你那买药的二十元钱也垫上，咱们凑个整儿。"老太太连忙颤颤巍巍地从腰里掏出一个兰花手帕。打开后，里面是两张崭新的十元面额人民币。我小声提醒老爷子："大爷，这钱可是买药用的啊！"老爷子说："没事、没事，药晚吃几天，不碍事的。"老爷子把二十元钱交到工作人员手中，工作人员给老爷子找回九元三角。就这样，两位老人一共捐了两百元钱。围观的人不约而同地鼓起掌来，都向两位老人投来敬佩的目光。在两位老人的感染下，很多人纷纷慷慨解囊，捐款处爱心涌动。

　　了却了心愿，两位老人站起身准备回家。可没走出几步，他们又停了下来。老太太向老爷子嘀咕着，老爷子一瞬间用力点了几下头，他们又一同回到捐款桌前。只见老太太从颈上摘下一个心状的红丝小荷包。小荷包很精致，像一颗火红的心一样鲜艳。老太太满含深情地告诉工作人员，这个挂件，是她在南方打工的儿子给她买回来的生日礼物，现在拿出来也一起捐了，请民政同志想办法把它交给灾区人民。可能怕工作人员不明白，老爷子在一旁大声补充道："这个挂件很吉祥，能保平安能保健康！"这哪里是一个挂件，分明是两位老人共同的爱心啊。此时此刻，工作人员紧紧握住两位老人的手，感动得不知说什么好，只是不住地点着头。我的眼睛开始湿润起来。

老爷子揽着老太太走了，步履有些蹒跚，却又不失一种踏实。我知道，这两位老人瞬间的形象，将定格在我的记忆中，不会轻易褪色。望着两位老人远去的背影，我再也控制不住自己，泪水开始簌簌地流了下来。

在平凡的世界里

没有哪部作品能像《平凡的世界》这样对我富有影响了。

路遥去世那年，我正在县政府工作。从报纸上得知路遥去世的消息后，我忍不住失声痛哭。伤感中，我自己跑到县新华书店和图书馆翻找路遥的作品，却一无所获。当时也没有网购这个便捷方式，想买一本好书难上加难。好些天，我的心情都很沉闷。半个月后我去地区开会，总算在地区新华书店如愿以偿地买到了一套《平凡的世界》。

那些日子，我每天下班回家后的第一件事就是如饥似渴地阅读《平凡的世界》。当时，我兼任县青年文学协会主席，对文学的痴情对创作的热爱不言而喻。读完《平凡的世界》时，已是一九九二年十二月的最后一天。望着窗外的飞雪，我一下子悟出了生命的价值和生活的意义。可以说，《平凡的世界》给正处于青春期的我带来了强大的情感共鸣和精神鼓励。相比路遥的世界，自己的世界是多么渺小多么平凡啊。是《平凡的世界》让我走出了困惑和迷茫，是《平凡的世界》使我荡涤了身上原有的浮躁，也是《平凡的世界》教会了我如何面对人生坚定前行。当时，县里下达一个经济调研课题，却缺少调研的人力。我二话没说，带上纸和笔，一个人上林场下村屯，花了半个月时间，最终撰写了一篇关于县域经济情况的调查报告。很快，这篇调查报告刊登在地区的调研期刊上，其中有关发展边贸口岸和养殖种植等建议被决策层所采纳。捧着《平凡的世界》，我第一次体会到在平凡的世界里探索出不平凡价值的快乐。

在平凡的世界里，总会遇到无法避免的困难与挑战。《平凡的世界》感染和激励着我，也使我树立了一种勇于创造敢于拼搏的精神。两年后，我放弃了原本安稳的事业和生活，携妻带子去数千公里外的湖北打拼。人生地不熟，一切都从头开始，其艰难程度可想而知。那段日子，生活上的艰辛和孤独，经常使自己处于崩溃的边缘。每当这时，我就想到了路遥，想到了《平凡的世界》，想到了自己所肩负的家庭责任，于是又打起精神坦然面对现实。可惜，因为离乡仓促，去湖北时，包括《平凡的世界》在内的一些文学书籍没有带上。业余时间里自己经常骑着自行车到市内的新华书店，寻找一种精神上的寄托。那次，不经意间见到了久违的《平凡的世界》。欣喜中，居然毫不犹豫地掏钱再次买回了这部书。妻子埋怨我说，既然看过了，还浪费钱买它干啥。我笑而不答，又重新阅读起《平凡的世界》。

《平凡的世界》真是一部励志精品。在它的激励下，我考上了当地的地税局，从一名国企干部瞬间成为一名国家公务员。很多人都羡慕不已，当然也有人怪话连篇，说什么"身份一变就会忘本"等。每当这时，我都淡然一笑："要是大家不嫌弃我不撵我走，我还生活在咱们厂区的宿舍里。"那次下班回家，本以为妻子会像往日一样做好饭菜，到家时却见屋内一派冷清。三岁的天杰一见到我，就扑过来委屈地说："爸爸，妈妈哭了。"我一愣，连忙走进里屋，妻子见我回来，连忙从床上坐起来，强装镇静却掩饰不了面颊上的泪痕。我以为她又想家了，可仔细一问，才知道根本不是那么回事儿。原来，妻子下午在宿舍外面领着儿子玩耍时，有几名企业女职工过来和妻子打哈哈，说你老公考上了地税局，工作好人又年轻，你可要当心啊，可别让他变心了被地税局的漂亮妹子们给抢跑了。妻子哪儿承受得了这般玩笑啊，她闷闷不乐地领着天杰回家后，就伤心地哭泣起来。我哭笑不得，这不是杞人忧天吗？可又一下子不知说什么好，忽然看到书架上的《平凡的世界》，我灵机一动就把它从书架上拿下来，郑重其事地递到妻子的手中："老婆，我们从几千里外来这里打拼得很不容易。虽然我考上了公务员，但这也是你支持我的结果。我不是那种喜新厌旧忘恩负义的人，在我平凡的世界里绝不会出现有悖于道德情感的事情。请你放心，无论何时，我都不会抛弃你和我们可爱的儿子。"

一部《平凡的世界》，写就了不平凡的故事。在阅读《平凡的世界》中，我的日子舒缓而安逸。单位给分了房子，天杰也上了小学，自己的诗集《诗客小记》《税魂》成功出版……这些，都给自己平凡的世界增添了一份幸福和一份快乐。此时，在北方的父母惦念和牵挂的感情却与日俱增，他们希望我们不要在外继续拼搏，希望我们能回到他们的身边工作和生活。我和路遥一样，热爱生活，热爱生命，更热爱自己的家乡。在父母的召唤下，我们终于痛下了回乡的决心。二〇〇三年夏，我调回了大兴安岭工作。搬到新房后，总感到少了什么，当一箱又一箱的书籍重新码到书架上时，我恍然大悟，原来是少了路遥的《平凡的世界》。我急得团团转，妻子过来提醒说，是湖北的一位文友半年前给借走了。我这才想起来，不免有些心疼，一个劲儿地埋怨妻子为何不提醒，好及时索要。我经常想，如果路遥还活着，以他对生活的深刻体验和苦苦思索，以他严肃认真的创作态度和他的笔力，一定会为这不平凡的世界写下新的巨著。

路遥去世二十年后，作家莫言获得了诺贝尔文学奖。在人们争先恐后地去购买《丰乳肥臀》等作品时，我却第三次购买了《平凡的世界》。我知道，无论是创作、事业还是生活，我的世界都很平凡也很踏实。感谢《平凡的世界》，是它让我在平凡的世界里学会了坦然自若，学会了坚强跋涉。

人在旅途亦安然

飞机晚点起飞近一个小时。

在哈尔滨太平国际机场候机时，窗外寒风刺骨，风雪弥漫。作为东北地区最繁忙的三大国际航空港之一，也不得不面对气候等诸多因素所带来的不便。候机是个很枯燥的事情，考察带队的领导让大家换班去餐饮厅就餐，免得挨饿。随行负责生活的办公室主任很聪明，立马去餐饮厅买足了就餐券。时间还不到中午，大家都不怎么饿，但既然领导说了，大家也就不好说什么，开始换班吃饭。

太平机场的餐饮区在候机楼的第三层，各色自助餐饮在这里一应俱全，五十元一位，随便选随便吃。二〇〇四年的五十元，我不说，你也能想象得到它的含金量。同行考察的几位社区头头甩开腮帮子一顿神搂，可毕竟肚量有限，不一会儿就吃不下去了。他们见我一样一样慢悠悠的品尝方式大为羡慕，连声感叹，还是年轻人会吃啊。会不会吃，其实还不是逼的？这么贵的自助餐，不研究个吃法还成？我悠闲地品尝着，可不一会儿，办公室主任就气喘吁吁地跑来，冲我们几个喊："别吃了，开始安检了，快点！"我有些纳闷，不是说晚点一个小时吗，怎么又提前了？这起飞时间居然能随意调整，看来航班时间不牢靠啊。可惜了自助餐，虽然是公费就餐，但还是心疼。上了飞机后才知道，外面的风雪似乎小了，能见度比卟才好了许多，机场立即调整一些航班的起飞时间。这叫什么来着，对，叫灵活机动见缝插针。

这是一次难得的外出考察，因负责考察报告的起草，我有幸成为二十名考察团中的一员。第一次坐飞机，感受都是新的。飞机客舱很大，能容纳近三百人，空姐很漂亮，而且彬彬有礼服务热情。东航的服务质量可见一斑。飞机跑道的积雪已被清理干净，清扫车刚撤离的一刻，我们这架空客就轰鸣着飞上了天空。临上飞机时，我抑制不住喜悦给母亲打了电话，告诉她老人家说，你儿子也坐上了飞机。母亲很高兴，连声说："可真好，可真好。"我跟母亲说，等有机会我陪您坐一次飞机。可没能等到儿子陪她坐飞机，母亲就于二〇〇八年春突然离世，曾经的许诺最终化为泡影。自打母亲去世后，我的生命里就涌出了一种痛楚和遗憾，挥之不去萦绕不绝。因为各种繁忙和艰辛，我们推迟了很多不该推迟的计划，放弃了本不该放弃的行动，忽略了最珍贵的也是稍纵即逝的幸福。我们总以为，时间有的是，以后还会有机会，可生命是未知的，明天是陌生的，我们能抓住一时就该抓紧抓住，能马上兑现和行使我们的诺言，就要马上行动，一刻也不要等不要延缓，否则，就会留下永远的遗憾。

飞机起飞的一刻，北方的一次更大的暴风雪已蓄势待发。柔美秀丽的空姐开始为乘客分发午餐，每人一份武汉热干面。这个好吃，我对邻座的办公室主任说。主任说，那你怎么不吃？我心里这个气啊，明知故问，刚才要不是在候机餐厅吃那么多，别说这份热干面，就是加上你的那一份我也能吃下。再说这个热干面，我在湖北真的没少吃。什么武汉热干面、荆州热干面、石首热干面，我几乎吃了个遍，还在乎飞机上这可怜的一份吗？不吃热干面，咱也不能干坐着，我要了一杯咖啡，拿起一份《新晚报》故作认真地看了起来。办公室主任又和我开起玩笑来：

"嗬，行啊你，坐飞机看报纸，你这回水平又提高了。"呵呵，可不是吗，坐飞机看报纸肯定高。不是文化水平高，是飞机飞得高，血压升得高。小时候，每当听到"坐飞机看报纸——水平高"这句歇后语时，没去想怎么提高水平，却想自己什么时候能坐上飞机，坐上飞机后，自己该看什么样的报纸呢。飞机在云海中穿行，银色的机翼安稳地擎举着，像雄鹰的翅膀生动而有力。我把手中的报纸放下，透过机窗出神地向茫茫云海凝望。起伏的云海，虽然起伏于九霄之上，却仍然需要阳光的照耀。阳光辉映中，这云海就像神奇的幻梦，更像奔涌的江河，在我的生命旅程上挥舞成一道道神奇的光芒。我敬畏这一种绚丽，也憧憬着美好的愿景。哪怕前面有跌宕的云壑，有惊觉的闪电，我的飞翔依然如故，永不停歇。

咖啡有些凉了，我示意空姐过来给换了一杯热茶。热茶与咖啡，似乎是中西合璧吧，风味不同，感受也不同。人生起伏本是寻常事，只有起没有伏，似乎也不符合常理。人生的贫富、进退、荣辱、聚散、得失，其实都在起伏中。做出了一次选择，就有了一次选择后的结局。不要为选择错误而垂头丧气，也个要为选择正确而得意忘形。在飞行的途中，我们就要有这个过程，有了这个过程，才堪称一次完美。从北到南，又从南到北，不到八年，我折腾了一个来回儿，放弃了，失去了，也得到了。在人生的里程上，我的起伏有惊无险，回归正常，积累了很多，也释放了很多。收获于自然，回馈于自然，没有轰轰烈烈，却也板板整整，堂堂正正。上对得起列祖列宗，下对得起妻儿，物质上清贫，精神上富有，却也乐得安稳、伸展自如。就像这架客机，面对风雪沉着飞行，只求一次起伏安然往返安然。感谢你这架空客，有你安然，我才安然。

飞机徐徐降落时，天空正下着小雨。起飞时风踏雪舞，降落时细雨绵绵，两重天的境遇，不一样的景致。我一边感叹着，一边跟着大家伙走出了机舱。此时此刻，我已身处上海虹桥机场。

游走在萧红的文字中

萧红似乎是一种寂寞的文字。

阅读萧红的作品有二十多年了。每阅读一次，都平添无限的感慨与惆怅。在星光耀眼的现代作家阵容中，萧红是一位传奇性人物，有着与宋代女词人李清照相似的生活经历。童年里那短暂的快乐，还只是停留在家里的后花园中，而后，就是命运毫不留情的作弄。磨难只会增加萧红抗争苦难命运的动力。寂寞中，萧红的文字开始逐渐走向一种坚定。这坚定的文字就像呼兰河水婉约清澈，缠绵不休，感染和启迪着一代又一代忠实的读者们。

萧红的文字最为可贵之处，就是她的现实性。只有符合真实的生活，文字才能赢得力量。萧红那些从现实生活土壤中萌发而出的文字，无不饱含对世间的体味，对命运的诠释。有一种寂寞叫正视，有一种寂寞叫坦然。二十年来，仅《呼兰河传》我就品读了三次，每一次读后我都有新的感受。萧红有一位和蔼可亲的祖父，这是萧红孤单的童年中尚可称道的幸事。也正是祖父，才使萧红有了一个富有诗意又凄婉无限的视角。"我生的时候，祖父已经六十多岁。我长到四五岁，祖父就快七十了。我还没长到二十岁，祖父就七八十岁了。祖父一过了八十，祖父就死了。"每读到这句，我都下意识地联想到自己的祖父，也联想到自己的童年……一部文学作品，不仅能够打动人心，更能让人产生共鸣，这就是其为何能让人百读不厌的根本之处。当然，在萧红寂寞的文字中，也会读出一种少有的轻松和乐趣来。在萧红的笔下，童年时的后花园无疑成了她精神中的天堂。蜂子、蝴蝶、蜻蜓、蚂蚱如她一样活泼可爱，即便是不大结果子的樱桃和李子树也似乎充满着无限的诱惑，就连西北角上的大榆树都生机勃勃。老胡家的小团圆媳妇、有二伯、老厨子、磨坊里的冯歪嘴子，等等，这些人物的描写，没有华丽的渲染，却栩栩如生，鲜活可爱。没有对人生细腻的观察和独到的认识，是难以信手拈来挥洒自如的。寂寞的文字能释放灿烂的光芒。除却萧红的众多散文不说，仅一部《呼兰河传》，我就敢说，萧红应该是中国现代文学中乡情派的杰出代表。

离乡的人多是寂寞的。呼兰与我，似乎若即若离，如呼兰河畔与萧红一样。自出生开始，我虽然只在呼兰乡卜生活了十二年，但是我依然眷恋着这片土地，也十分怀念那美好的童年。真的，无论何时，我都以呼兰这一籍贯为荣。这其中的缘由之一，就是萧红和她那寂寞的文字。在呼兰，除了萧红纪念馆这一有形的纪念形式外，更多的是植根于所有呼兰人心中不灭的敬仰。因为萧红，呼兰，这片新时期的热土备受瞩目；因为萧红的文字，呼兰河也变得更加美丽。步入中年后，我第一次回到渴望已久却一直未能踏入的老县城。此时的呼兰早已不再是萧红笔下那清冷的集镇，也绝非我梦中那朦胧的县城，它已成为哈尔滨这个充满现代气息的大城市中不可分割的一个区了。情不自禁地走进萧红故居时，我忽然间意识到，其实，自己回到所依恋的故乡，更多的成分是被萧红的文字所牵引回来的。站在萧红塑像前，我感慨无限。萧红的美丽形象是由她那美丽的文字和美丽的灵魂所决定的。是呼兰河养育了萧红，又是萧红的文字使呼兰河名扬天下。与萧红相比，自己多年的奔波和所有创作的文字都显得乏力和苍白。一种灵性，成就了萧红，一种姿态，塑造了萧红。这不仅是她独有的天赋，更是她不懈的追求。没有这些，就没有她如云如梦的诗一般的文字，而这文字最终依旧是寂寞的。这种寂寞不是霜而是雪，是那大片大片的鹅毛般的飞雪和那你想出屋却推不开门的齐腰深的积雪。它与萧红记忆中的那神奇的火烧云形成一种鲜明的对比。所以我说，萧红的文字虽然寂寞，却一点儿都不苍凉。真正的寂寞，是僵死与颓废，令人无法阅读。

中国神话里的洛神是伏羲氏的女儿，因于洛水溺亡，而成为洛水之神。三国时，才华横溢的曹植曾以"其形也，翩若惊鸿，婉若游龙。荣曜秋菊，华茂春松。仿佛兮若轻云之蔽月，飘摇兮若流风之回雪"来形容洛神。"二十世纪三十年代的文学洛神"萧红，正是用自己寂寞的文字成就了一种传说。在苦难中挣扎，在坎坷中抗争，萧红以她别样的文字轻松地叙述着磨难于她的沉重命运。在萧红的笔下，纯美的不仅是她的文字，更是她内心完美的世界，完美的灵魂。传统中有一种叛逆，新潮中有一种坚守。娓娓中，萧红的文字就像流星划过夜空一样，在那寒冷的漫漫长夜里给人以最为温暖的光辉。这光辉照耀着所有的呼兰人，照耀着所有热爱她的读者们。文学上的奋力攀登，其实就是一种生活态度。值得一提的是，萧红能遇到新文学旗手鲁迅，还是比较幸运的。这幸运不仅属于她的文字，更属于那个时代的中国文学。在萧红的散记中，《回忆鲁迅先生》一文尤其值得称道。斯时，萧红的文字凸显出一种明丽、一种细腻和一种亲切。她对鲁迅的敬仰、敬爱如溪水般缓缓地流淌在文字中，舒缓动听，感人至深。所以，我一直坚信，萧红首先是一位满怀感恩、感激、感动的善良女性，没有这些，也就没有萧红特有的美丽文字。在短暂的一生里，萧红用文字记录的时间，才仅仅九年。而就这短短的九年，萧红的文字一泻千里，从北国向南方蔓延，使她的文学光彩熠熠生辉。

寂寞的文字，绝代的风华。创作是作家的生命体现。然而，创作又不仅仅是单一的、孤立的。只靠阳春白雪浪漫抒情，只在虚幻浮华中附庸风雅，都不是真文人的品质。真文人是执着的生命探求者，是富有强烈社会责任感和使命感的闯将和先锋。这样文人的字里行间里有一种旗帜鲜明，有一种宁折不弯。萧红就是这样的一位作家。面对冷酷的现实，她不退缩不妥协，用自己质朴无华的文字支起了一堆黎明前的篝火。在中国现代文学史乃至整个中国文学史上，能够像萧红这样把自身命运与国家命运魂系一体的作家是不多的。萧红文学创作的九年，正值中华民族危机之际。作为经历了反叛、觉醒和抗争的萧红，更加深刻理解了人性和社会的本质。这也是她把"人类的愚昧"和"改造国民的灵魂"作为自己艺术追求的直接原因。萧红的觉醒绝非是简单的感悟，而是她在"对传统意识和文化心态的无情解剖中，向着民主精神与个性意识发出深情的呼唤"。生命其实就是一种文字。纵然繁花似锦，纵然尘嚣如歌，最终都要看我们每个人该如何引领自己的灵魂。萧红这些宝贵的文字不仅是那个时代的骄傲，也是中国文学史上的骄傲。这种骄傲不仅属于一个地方一个领域，更属于整个中华民族。

游走在萧红的文字中，我难以释怀。一九九四年元旦，我在《萧红散文》扉页上写了这样一段话："我的小老乡，你可知半个世纪后，有一位青年在向你膜拜？"新千年初春，我在湖北省荆州市一家书店中如获至宝，花了九十八元钱购买下了由冰心题写书名、哈尔滨出版社一九九八年十月出版的《萧红全集》精装三卷本。二〇〇七年在萧红故居凭吊之余，我再次购买了两本《呼兰河传》……

赶往故乡的路上

离故乡越近，风似乎越舒畅。

一过大耿家立交桥，车就驶上了利民大道，眼前顿时一亮。这是呼兰区与松北区接壤的一块宝地，也是通过扎实稳健的创业，被国务院正式批准的国家级经济技术开发区。这里高楼林立、校区相连，大都市北拓的势头十分强劲。打开车窗，一缕清风吹进车内，我用力吸了一口，真舒服啊。嗯，是大平原的风，是故乡的风。离开故乡三十多年，回故乡却仅有这么几次。而每一次回来，我都情不自禁地用力呼吸几口故乡的风。哦，故乡，我回来了。

我不是一个恋旧的人，但是我绝对是一个善于怀念旧事的人。步入中年后，这种怀旧的情感似乎越发强烈。望着车窗外蓬勃的景象，我记忆的闸门刹那间又被打开。离开故乡时，自己尚在年少，对故乡的了解和认知仅停留在朦胧的记忆中。那个男孩可还是一个懵懂的少年呢，他还没有见识过外面世界的纷繁模样，还没有品尝够故乡特有的淳朴和乡俗啊。假如，唉，哪里有那么多的假如啊。这几年，我时常产生一个想法：假如自己在成年后再离开故乡该有多好。成年了，自己对故乡的认知肯定会更加清晰更加透彻更加细致，至少对故乡特有的风韵和文化感受得能深刻一些生动一些。在旋转的年轮中，我似乎与那个大平原上心向远方的男孩、那个跟在父亲身后学放飞风筝的男孩、那个在田野上捡拾麦穗的男孩迎面相视却又擦肩而过。我已中年，而年少的男孩却永远地留在了记忆中，纵然给他插上翅膀，他也无法走出来。那时候，男孩经常翻过黄土山走过沼泽地，站在松花江北岸，向对岸若隐若现充满诱惑的城市眺望。他的目光清澈透明饱含渴望，他不知道外面的世界究竟有多大，通往外面的路究竟有多远，只知道有一种躁动在怀里跳动着燃烧着。祖父对男孩说，等你长大了，出息了，就去那大城市看看，看看那大城市有多美有多大。可男孩还没来得及长大，就跟随父母离开了大平原，离开了与大城市一江之隔的故乡，千里迢迢地走进了大森林。

眼睛有些模糊，是泪花还是其他什么，我不知道。路两侧的杨树一排排向后倒下，这是母亲领我乘坐票车去姥姥家时的最初记忆。那时，我只有五六岁。长大后，我不止一次跟母亲说，一定找机会陪母亲回故乡看看。二○○七年夏，我探望故乡前，曾动员母亲一道前往。可母亲说，等几年吧，等几年再回去看看。二○○八年春，母亲突发心脏病不幸辞世。我悔恨，当初为何不把车票为母亲买好，为何不极力动员她老人家回乡看看呢？有些事，不能靠计划才实施，能做的一定要马上做，绝不能等。等了，就可能会有后悔，就可能会留下永久的遗憾，而后悔与遗憾可都是撕心裂肺的痛啊。我第一次乘飞机时，曾给母亲挂电话说，等不忙时，也要陪母亲坐一次飞机。母亲在电话那头笑了："好啊，我等着那一天。"我幻想着，母亲乘坐飞机时，一定会被新鲜的世界所吸引，啧啧称赞感慨万千，她也一定很欣慰很幸福，回到家乡时，一定会跟左邻右舍的大娘大婶们说："瞧瞧，我二儿子有多孝顺啊，他总算让我坐了一次飞机，他可真是个乖孩子。"美好的计划开始等着实施，可等着等着，母亲就悄无声息地走了；等着等着，我的诺言就化为了泡影。母亲，我错了。

　　祖父去世前，很想回故乡。刚刚步入青年的哥哥还有我都还不太理解老人的心情，多次劝阻他，一千多公里呢，太远了，别来回折腾了。祖父似乎被我们说服了，不再提回乡的事情，可却经常拄着拐棍，站在门前拼命向远处眺望。可小县城以外却是层层叠叠的山岭，任凭祖父怎样眺望，也无法看到千里之外的故乡。多年后，我站在祖父的墓前，一声叹息一种愧疚顷刻化为泪水不停地垂落。在我的记忆中，祖父一直是位很有风范的人。他治家严谨，为人正直，拥有一个男人身上应该具有的很多传统美德。他平生未做过任何违心事情，最后却极不情愿地跟随我们离开故土，来到千里之外的大兴安岭安度晚年。记忆中，祖父也曾在此期间回过一次故乡，似乎是父亲陪祖父回的故乡，这也是祖父的一个愿望吧。那时，祖父身体还算硬朗，还能比较自如地行走。父亲选在暑假期间，陪着祖父回到了故乡。就要回故乡看看了，看看家族里的亲人们，看看想念的乡亲们，看看故乡里的一草一木一砖一瓦。那些天，祖父显得很兴奋，经常像个孩子似的开心哼唱。每天天一亮，祖父都拄着拐棍在屋里走来走去，还时不时地哼几句抗联老歌曲。我把被子一下子蒙到头上。祖父见我不耐烦的样子，就"嘿嘿"一笑："要不要跟爷爷一起回老家看看啊？"我在被子里不耐烦地喊："不去不去，谁愿去谁就去吧，反正我不去。"说完，就又蒙上了被子。祖父叹了一口气说："等你长大了，就能明白想念故乡的滋味啦。"我长大了，终于明白了祖父依恋故乡的感情。但，我长大了，祖父却不在了。祖父，我错了。

　　车行驶在通往故乡的道路上。一望无际的青纱帐彰显着无限生机，我又要回到魂牵梦绕的故乡了，又要回到母亲经常牵挂的故乡了，又要回到祖父经常念叨的故乡了。母亲，这次您的儿子再回来看一看生我养我的土地；祖父，这次您的孙儿再替您看一眼咱们的老屋。风似乎听懂了我的心声，轻轻地拂了一下我的脸，我的眼泪夺眶而出。

第五辑　写诗别太久

雨后有诗情

　　明太祖朱元璋登基时保证，一定要让大明子民过上好日子。昭告之后，黎民安居乐业，天下风调雨顺。

　　说心里话，我对朱元璋一直有好感，其原因就是他能让老百姓过上好日子。虽然有人对朱元璋诋毁歪曲，但我以为"金无足赤，人无完人"。不说丰功伟绩如何，单说朱元璋在执政三十一年里，几乎未休息过一天，据说他每天早餐也不过是青菜豆腐主打的"珍珠翡翠白玉汤"。毕竟，能让老百姓过上好日子就是硬道理。

　　登基不久，南京遇到了一场大旱。左等雨不下，右等雨不来，朱元璋心急如焚。他忽然想到一个人：此人足智多谋，是开国元勋，官职宰相，德高望重胜于他这个皇帝本人。此人，就是刘基刘伯温。刘伯温，你不是功高盖主吗？你不是上知天文下晓地理，识民情懂八卦，能与神鬼对话吗？那你就去求雨，要是求不来雨，朕不收拾你，老百姓的口水也能把你淹死。得意之中，朱元璋同志遂命刘伯温设坛求雨。刘伯温似乎看出了朱皇帝的心思，答应得很痛快，于次日率一干人等在南京繁华地带搭高台设祭坛。其实刘伯温观察天象，已经预测到第二天会之降大雨南京，可是当时明王朝的首都，老百姓的见识也不浅，仅靠蒙骗肯定不行。听说洪武皇帝派人求雨，而且还是国相亲自出马，老百姓一下子明白了：这绝非朱皇帝简单地摆摆样子作作秀安抚一下民心那样简单，这可是动真格啊。老百姓深受鼓舞，纷纷响应，或出钱或出力，求雨的准备工作进行得非常顺利。

这天，南京城万人空巷，老百姓都聚集到祭坛的四周，一睹刘伯温求雨的风采。那场面，比今天万人齐跳《小苹果》还壮观。吉时已到，号角齐鸣，鼓乐震天。刘伯温身着道袍，束发红颜，长须如银，健步走上祭坛。他缓缓坐下，双目紧闭，振振有词。他忽而扬手舞剑，忽而手指向天，突然大吼一声："天助我也！"响晴白日的天真的就飘来大片乌云。南京城的老百姓都惊呆了，刘伯温有两下子啊，真不愧是神人。神人刘伯温凝目望天，又是一声吼："雨来！"顿时，电闪雷鸣，大雨倾盆。那雨下得可真酣畅真痛快啊，似乎将旷日缺失的雨都一下子弥补回来。雨中，禾苗复苏，树木葱郁，大地回春。南京城老百姓激动万分，纷纷在雨中跪倒磕头，山呼万岁。他们感谢老天有眼，感谢刘神人求来仙雨，感谢朱皇上皇恩浩荡，造福子民，也更加坚信朱皇上是一代明君圣主。朱元璋龙颜大悦，乘兴作了一首诗："片云飞驾雨飞来，顷刻凭看遍九垓。楹外近聆新水响，遥穿一碧见天开。"这里的"九垓"指天子脚下。很多人都以为朱元璋是个文盲，可文盲是不会作诗的。就凭这首诗中的"九垓"一词，就足以断定：朱元璋同志是位善于自学的好同志。

自学成才是需要肯定的，何况是皇上。皇上作诗，不赞美也就罢了，万万不能当着人家的面来显摆自己。刘伯温不是不明白这个道理，可明白过分了也就不明白了。被求雨成功冲昏头脑的刘伯温，见朱皇上作诗，竟然情不自禁地跟着和道："风驱急雨洒高城，云压轻雷殷地声。雨过不知龙去处，一池草色万蛙鸣。"诗写得很美，刘伯温有才啊。可你再有才，也不能刮到皇帝啊。"雨过不知龙去处"，谁是龙？真龙天子的皇帝不就是龙吗？可见刘伯温后来的命运与其性格有一定的关系。

写诗别太久

明朝的雨下得酣畅淋漓，下得诗情画意，下得五谷丰登。雨中，一批优秀的才子诞生了，他们展性情抒豪情，赋诗作画写文章，让大明江山增色添辉、神采飞扬。

我们知道，明朝的科举制度像雨一样严密。在明朝，你若想光宗耀祖，走仕途之路，必须要经过科举这道门槛来实现。而那时的科举，可比今天考公务员还要难。粉碎"四人帮"恢复高考，一些人考上了大学，就被誉为中状元。其实，那时考上大学大专的，在明朝至多也就算个有谋生本领的秀才。当然，今天考上大学的，也是个秀才，那种不包分配的秀才。在明朝，秀才至多算为一种身份，你可以把秀才叫作小知识分子，或者称呼文化人都可以。这种身份不当吃也不当喝，至多也就是不用去徭役、见到当官的不下跪罢了。想实现人生大抱负，非将科举之路走完不可。

明朝的雨不惠顾文人。雨中，科举路上跌跌撞撞走来四位才华横溢的人：唐伯虎、祝枝山，还有谁来着，对，还有文徵明、徐祯卿两位。

这四人堪称"四大才子"。可别小瞧这四大才子,他们非浪得虚名,实为货真价实。才子一:唐伯虎。该同志打小就很聪明,熟读四书、五经,外加博览史籍,少年时考秀才一下子就得了秀才之魁,把当时的整个苏州城都轰动了。大秀才没有骄傲自满,继续潜心苦读,克难前行,于十三年后参加应天府公试,取得"解元"之号。如果不是赴京参加会试遭受挫折,该同志绝对了不得。即便如此,大才子最终在明朝美术界赢得了第一把交椅,其山水、人物、花鸟之作在后来堪称瑰宝。才子二:祝枝山。该同志因左手六指,得号枝山,五岁"能作径尺大字",九岁能诗。明弘治五年中举,三十二岁时任广东惠州府兴宁县知县,后于嘉靖元年担任南京的通判。祝枝山属书法界大家,尤其是狂草字为世人广为赞誉。"唐伯虎的画,祝枝山的字",就是这么来的。才子三:文徵明。该同志虽然年少即享才名,科举之路却走得极不顺畅。从二十六岁到五十三岁,文徵明连考十次均榜上无名。到五十四岁时,总算被一个伯乐推荐到京城最高学府国子监学习深造。虽然文徵明未能实现光荣梦想,但该同志的毛笔字却成为明代之冠。据说,到了八十多岁时,文徵明还能每天坚持书写蝇头小楷。才子四:徐祯卿。该同志天生聪颖,十六岁就自费出版了处女作《新倩集》,二十六岁时考中进士。可能是因为长得不够帅,皇帝不许该同志进入翰林,改授为大理左寺副,没过几天又被贬为国子监博士。唉,长得丑不是我的错,错就错在爱美之心人皆有之。形象不佳的徐祯卿,诗歌却写得极为优美,而且硕果累累。像"不知天外雁,何事乐长征"的经典诗句,就出自于该同志的笔下。在明朝的雨中,徐祯卿写了大量诗作,按照每部载百首算,徐祯卿可以出版十几部诗集。

明朝的雨萧瑟缥缈,"四大才子"前程暗淡。我经常替这四位感叹,要说文采和素养,他们也不差啥了,何况生活地都在苏州,离天子脚下南京也不过就两百多公里,有地域优势,套套近乎就有可能享受到在京考生的优惠政策。可明朝的雨赋予了"四大才子"才情，却没能教会他们书本以外的知识。四人除了祝枝山当了一个副地级领导干部外，其他三位仕途都很坎坷。他们在雨中饮酒、作画、写诗，志向被丝丝细雨扯得千条万条，只留后人徒感叹。功名没了，创作成就却来了。无论是书画还是诗文，"四大才子"都出手不凡，堪称创作之典范。太有才了，老天都会妒忌。在"四大才子"中，只有文徵明算是高寿，活了九十岁，而唐伯虎、祝枝山的寿命都不算高，尤其是写诗的徐祯卿才活了三十二岁。

所以，我坚持认为，写诗别太久，太久了不仅伤心，还伤寿命。

最强大的特混舰队

　　小时候，我曾琢磨过：郑和为什么要七下西洋，是喜欢坐船吗，是喜欢看大海吗，还是去打鱼？郑和下西洋，传说有很多目的，但最主要的是"耀兵异域，示中国富强"。雨中，大明就像一艘顺风的船，在世界的海洋上乘风破浪一往无前。雨中，三宝太监郑和站立在船头，双目炯炯，胜券在握。

　　明成祖朱棣的确是位有雄才大略的政治家。在他心里，四海之内一切都要讲秩序有秩序，这个秩序就是"天朝礼制体系"。为此，朱棣派遣郑和下西洋，广泛深入宣扬和传播自己治理天下的思想，建立天朝礼制体系，最终共享太平之福。郑和首次下西洋时，明成祖朱棣下了一道闻名世界的诏书："朕奉天命，君主天下，一体上帝之心，施恩布德。凡覆载之内，日月所照、霜露所濡之处，其人民老少，皆欲使之遂其生业，不至失所。今特遣郑和赍敕，普谕朕意：尔等祗顺天道，恪遵朕言，循礼安分，毋得违越，不可欺寡，不可凌弱，庶几共享太平之福。若有撍诚来朝，咸锡皆赏。故此敕谕，悉使闻知。"啥意思？简单地翻译一下就是："天是老大，我是老二，日月能照耀到的，霜露能降到的地方，都是我的属地。今天特派遣郑和到你们那里，转达我的意思。你们要遵守天道，不能以多欺少不能以强凌弱，要团结要和谐，好好过日子。洗洗睡吧！"

郑和下西洋，除了率领强大的船队外，还"厚往薄来"，携带很多好礼物，包括各色瓷器等，每到一地都要恩赏一番。这么多宝物，让人眼红啊。这个眼红者叫陈祖义。陈祖义是海盗集团的头子，他以为郑和的船队不过就是商船，打劫一下无所谓。可他错了，郑和的船队不仅有商船还有战舰，大小船只二百四十多艘、船员近三万名，其规模完全是按照国际一流标准建设而成。其中，包括宝船、马船、粮船、座船、战船，或载货，或运粮，或作战，或居住，分工细致，各有各的用途。可以说，郑和的船队是当时海上最强大的特混舰队，而郑和本人就是这支舰队的海军司令。英国近代生物化学家和科学技术史专家李约瑟博士曾说："明代海军在历史上可能比任何亚洲国家都出色，甚至同时代的任何欧洲国家，乃至所有欧洲国家联合起来，可以说都无法与明代海军匹敌。"相信不远的将来，我泱泱中华，定会像郑和时代那样再次成为海上英雄。

我郑和虽说是个太监，但绝不是一个吃素的。太祖能在湖上打败陈友谅，我郑和就能发扬传统，在海上消灭你陈祖义。很快，郑和将陈祖义的舰队诱入埋伏圈内后，施以火器密集攻击。陈祖义的舰船被焚毁十艘，被俘获七艘，而郑和船队几无损失。陈本人虽侥幸逃脱，但最终还是被郑和俘获。世界一流的海盗集团都被郑和消灭了，谁还敢拿鸡蛋往石头上碰啊。随着郑和的出使，很多国家纷纷前往明朝开展"朝贡贸易"，主动申请加入明朝的"WTO"，积极与明朝建立朝贡贸易关系。在明朝的雨中，郑和不辱使命，从永乐三年六月十五日到宣德五年闰十二月初六，二十八年中，一次次出色地完成了皇上交付的伟大任务。他推行和平外交，稳定东南亚国际秩序；他震慑倭寇，牵制蒙元势力，维护国家安全；他发展海外贸易，传播中华文明；他开拓海洋事业，铺平亚非航路。明朝的雨中留下了郑和的身影，中国历史也永载郑和的业绩。

为什么郑和被称为"三宝太监"？有人说郑和幼年在家排行老三，小名叫三宝，但更多的人认为，佛教中"佛、法、僧"即为"三宝"，郑和虔诚信佛，自然就叫"三宝太监"。有资料介绍，郑和在短暂的一生中捐建了不少佛教雕像。二〇〇二年，浙江平湖市博物馆对市内的平湖塔进行维修，在拆卸塔刹时，发现里面竟然藏着一个木匣，木匣中装的是用金粉写就的四十米长的《妙法莲华经》，经卷末写着："大明国奉佛信官郑和，法名福吉祥，发心铸造镀金舍利宝塔一座……"

郑和下西洋是壮举，更是证明。自古以来，中国就拥有敢于承担、最终也有能力承担起一个文明大国的责任，那就是：强大却不称霸，播仁爱于友邦！

久旱后的那场雨

　　十六岁的朱由检当上皇帝后，就以超常的智慧和手段收拾了魏忠贤。说真的，我对思宗朱由检足智善断除掉魏忠贤的胆识十分佩服。在这一点上，他胜于康熙除鳌拜。不管怎么说，康熙还有孝庄皇太后罩着呢，而当时朱由检铲除魏忠贤，却没有这种力量可依靠。除了这一点，我还佩服朱由检这个皇帝年轻却不贪玩，更不迷恋后宫。据说，朱由检当皇帝后，平均每天睡眠不到两小时，余下的时间都专心用于批奏折忙朝政，真是太辛苦了，辛苦得二十多岁就白了头，眼睛周围到处都是鱼尾纹。可任凭他宵衣旰食、朝乾夕惕，大明王朝也已积重难返，危机四伏。

　　明朝的雨跟朱由检的性情一样，很吝啬。自崇祯元年起，大旱的比率不断增加，只刮风不下雨，天上没有云彩只有太阳，赤地千里，寸草不生。以陕西延安为例，在明代共发生干旱灾害九十一次，平均每三年发生一次。轻度干旱灾害发生十七次，中等干旱灾害发生三十次，大干旱灾害发生二十九次，特大干旱灾害发生十五次，年均降水量比现如今还少两百毫米左右。崇祯元年，整个陕西"天赤如血"。再往后就是"五年大饥，六年大水，七年秋蝗、大饥，八年九月西乡旱，略阳水涝，民舍全没。九年旱蝗，十年秋禾全无，十一年夏飞蝗蔽天……十三年大旱……十四年旱"（《汉南续郡志》）。大旱中，"人相食，草木俱尽，土寇并起"，"南北俱大荒……死人弃孩，盈河塞路"，一派亡国景象。

这些灾害没去，又来了瘟疫。当时的瘟疫实在是太可怕了，这可比电影《大明劫》中的场景还要严重。史料称："瘟疫大作，死亡枕藉，十室九空，甚至户丁尽绝，无人收敛者。"在这种情况下，很多地方爆发农民起义，比如李自成，比如张献忠。与此同时，不安分的皇太极又不断骚扰大明边关，疲惫不堪的明军只好两线作战。明朝开支压力巨大，每年军费开支高达两千万两白银。没有多久，明朝财政就已入不敷出，导致军队经常缺饷、缺粮、缺马、缺武器、缺兵员。不幸外加不容易的朱由检，怎能大方得起来？纵再有旷世雄才，内忧外患中他也无力回天。

平心而论，朱由检同志领导下的政府还算是有能力有作为的。这个时期，先后走出不少堪称国家栋梁的人，可谓人才辈出，群星闪耀。比如，宰辅先后有施凤来、成基命、钱象坤、杨嗣昌、温体仁、吴宗达、徐光启等；比如，武将先后有卢象升、洪承畴、袁崇焕、丁启睿、左良玉、曹文诏、吴三桂等，外加孙传庭。小时候，在收音机里听过小说《李自成》，对孙传庭的印象尤为深刻。兵部尚书孙传庭，绝对是朱由检时期的栋梁之材。可惜，大明从来不缺人才，缺的是会使用人才、爱惜人才的皇帝。朱由检这个皇帝最大的缺点就是多疑，多疑就会频繁换人。在位十七年，仅内阁大学士、首辅他就换了五十位。咱们还说孙传庭，孙传庭这个人才曾大破农民起义军，其首领高迎祥就是被孙传庭所擒获。而高迎祥的接班人李自成也被孙传庭撵得险些重蹈高迎祥的旧辙。别跟我说"地球离开谁都转"这类话，地球转不转不是问题，人才和人的区别却绝对是个问题。若非崇祯皇帝喜好"换人"，人才孙传庭定会放手大干一番。

大旱过后，二百七十六年寿命的明朝临了下了一场最不该下的大雨。久旱后的那场雨非但未能拯救岌岌可危的明王朝，还加快了它的灭亡。孙传庭除了是一个军事家外，还是一个发明家。他自力更生，发明了一种叫"火车"的武器，上面装载火炮。"火车"战可攻骑兵，憩可作栅栏，行可作运输工具。没过多久，孙传庭就拥有了两万辆"火车"。他雄心勃勃准备用"火车"营一举消灭李自成的起义军。如果不是天降大雨，大明王朝兴许迎来新的转机。这场雨整整下了七天，所有的火药都被淋湿了，"火车"营无法发挥优势。在数十倍于己的起义军的攻打下，孙传庭只能被动招架。结果，"官军亡四万余，兵器辎重损数十万"，大明仅有的"一副家当"损失殆尽。

　　末代皇帝有末代皇帝的不易与悲哀，朱由检就是如此。这些年，阅读明史资料，每每读到崇祯执政期间的艰难，我都满怀同情，感慨不已。我很赞同史学家孟森的评价："思宗而在万历以前，非亡国之君；在天启之后，则必亡而已矣！"

　　由检同志，您在雨中安息吧。

李攀龙与白雪楼

明朝的雪纵情飞舞，雪中突显一楼，名曰白雪楼。

历史上，各朝文体，比如汉赋、唐诗、宋词、元曲、明清小说，各领风骚。到了明代，除了小说为代表外，诗赋也很盛行，代表的比如明朝的"前七子"和"后七子"。我在《明朝的雨》中介绍过"前七子"中代表人物李梦阳，现在再介绍一下"后七子"中的代表人物李攀龙。

李攀龙是济南人，自幼爱好文学，尤其喜好古文。他经常拿着古籍向老师，当然是私塾老师提一些类似"十万个为什么"的问题，被同学们称作"狂生"。李攀龙闻听后，不但不恼反而欣然道："吾而不狂，谁当狂者。"九岁时，李攀龙的父亲死了，李攀龙的母亲肩负起抚养李攀龙兄弟的担子，艰苦奋斗，勤俭持家。这些，李攀龙都看在眼里记在心上，他决心一定要好好读书，用实际行动回报辛劳的母亲。功夫不负有心人，李攀龙二十六岁时，终于以乡试第二名的优异成绩中举。嘉靖二十三年，三十岁的李攀龙中进士。入仕后，李攀龙先被分配到吏部文选司，不久后担任刑部主事。在刑部任职五六年，成绩显著，却因不善于巴结权贵遭到严嵩势力压制而得不到升迁。在明朝中后期，一个从政的人若没有后台和银子，即便你再有才华再有能力，也要装孙子，否则定会遭到排挤和打压，可李攀龙淡然处之。做人，李攀龙正直磊落；作文，李攀龙文采飞扬；主持事务，李攀龙干净利落。对李攀龙的超凡脱俗，一些同事和领导自然是不以为然，甚至背地里时常讥讽李攀龙，李攀龙也不客气，也经常予以针锋相对。

"雅不欲以刀笔见长，而其听谳最号公平"（王世贞《李于鳞先生传》）。在任山西司郎中时，一名武将触犯了法律，但其罪并不重，却因未向上行贿险些被判死刑。李攀龙得知此事，立即为这名武将据理力争，为其免了不该承受的死罪。后来，这名武将在战场上建立了功勋，依然怀念李攀龙的救命之恩。嘉靖三十二年，李攀龙担任顺德知府后，心系群众，视解决群众疾苦为头等大事，积极向上申请免除民税，放宽刑罚，增设驿站。在担任顺德知府的三年中，当地没有发生一起冤假错案，老百姓的生活压力得到缓解。由于政绩卓越，李攀龙被提升为陕西按察司提学副使，查当地的教育和学风。在陕西，李攀龙做了很多切实有效的工作，倡导务实开拓，反对人云亦云，但终因忍受不了本是同乡的陕西巡抚殷学的傲慢，辞官而去。

回乡后，李攀龙文思泉涌，诗情飞逸，创作了大量作品。在此期间，他拿出仅有的微薄积蓄，在济南东郊建造了一座充满书香气息的白雪楼。李攀龙以"白雪"命名，取意"阳春白雪"，自喻清高不俗。在白雪楼上，李攀龙不问凡俗，潜心著书，与志同道合的文人饮酒吟诗作赋外加研讨与交流，好不悠闲。"海内学士大夫，无不知有沧溟先生"，这里的"沧溟"是李攀龙的自号。当时在文友圈里，都称李攀龙为"沧溟先生"。志同道合是加入李攀龙这个圈子的前提，否则即便你是达官贵人，李攀龙也绝不稀罕。李攀龙很喜欢这座白雪楼，写文道："楼在济南郡东三十里许鲍城，前望太麓，西北眺华不注诸山；大小清河交络其下。左瞰长白、平陵之野，海气所际，每一登临郁为胜观。"后来，白雪楼真的成为名楼，列"济南十六景"之一。

李攀龙是"后七子"的代表，也是济南诗派的领军人物，当时在全国享有较高的知名度，就是在中国文学史上，李攀龙都有着较高的文学地位。官场失意文坛得意，辞官后，李攀龙文学创作和文学研究硕果累累。文学主张上，李攀龙继承和发扬了李梦阳等"前七子"的"文必秦汉，诗必盛唐"的文学思想，坚决抵制台阁体诗文和"啴缓冗沓，千篇一律"的八股习气，掀起了明朝文学复古运动。说到这里，我给大家泼一下冷水。李攀龙的文字虽然很厉害，但有的作品却很一般。白雪楼是一座多美的楼啊，可在李攀龙的诗中却不见神韵所在。现将其《白雪楼》拿来，请君一读：

伏枕空林积雨开，旋因起色一登台。大清河抱孤城转，长白山邀返照回。无那嵇生成懒慢，可知陶令赋归来。何人定解浮云意，片影飘摇落酒杯。

此诗，李攀龙效仿陶渊明，表明自己永葆高洁情操、维护心灵净土的鲜明态度，却缺少了应有的节奏和气势，读着跟喝白开水一样，感觉还不如顺口溜读着实惠。不管怎么说，李攀龙的文学贡献和文学地位依然不可低估。在白雪楼十年，李攀龙不仅得到了天下文人们的赞誉，也躲过了严嵩父子的倒行逆施。物以类聚人以群分，"后七子"中多为正直孤傲者，岂能依附严党，最终结局自然多遭贬外放。隆庆元年，李攀龙恢复官职，先后担任浙江按察司副使、河南按察使。此时，戚继光抗倭事迹传遍大江南北，李攀龙诗兴大发，以诗赞美热情讴歌。诗虽不著名，却也凸显一腔爱国之情。

重新做官的李攀龙在济南大明湖百花洲上又兴建了一座白雪楼。此楼高三层，底层为客厅，中层为书斋，上层为其爱妾蔡姬的闺房，档次相当于现在南方农村临街的民宅。虽然拥有两座白雪楼，李攀龙却也为官清廉，没有什么积蓄。李攀龙死后，家道中落，其子孙"僦居穷巷，托迹浮萍"。他的爱妾蔡姬七十多岁了，还在西关卖胡饼讨生活，其清贫景象令人感伤不已。

在明朝的雪中，白雪楼傲然耸立，就像它的主人一样卓尔不群，风采飘逸，留给后人几多慨叹。

第六辑　晴好的月散淡的风

冬日小记

1

该下雪的时候不下雪，一双新鞋磨得苦不堪言。

股市就像一个滑雪者，冲高回落，一路下行。淡然、坦然，心不变猿意不成马，我的电脑似乎超凡脱俗，远离喧嚣。灵魂在寂寞的程序中前行，处理器依旧不改它的执着。

彼时的视窗，早已淡出我的视线。四周的苍茫一泻千里，暗夜却不寒而栗。我知道，心灵深处所有的牵挂，不只是晨起的云雀，晚归的乡邻，还有挥之不去的衰老与满目惆怅的月色。

就让厚重的思想继续盘桓于遥远的贴图中，所携带的行囊，不会帮我如释重负。我知道彼时的希望，再不会成为一种可即的归宿。直到今天，我依然披挂一身星辰，让它陪着我继续走下去。

忽然，想起一首歌儿，那是很老很老的歌儿，曲调幽婉，词句清朗，一句一句在脑海里飘荡。于是，睡意陡增，一路上扬。

2

在枯燥的山坡上，太阳用一种灿烂欺骗着我的感觉。因为，我的室内，暖气一直在蒸腾。

绑架了肢体，碾压了梦想。依旧是字醉图迷，依旧是金价高涨。忘却天灾人祸，忽略各色迷茫。消闲，却非悠闲，只有记忆没了空闲。

我知道圣洁是一种传说，收视率并不高，可依旧不分角色、不分情节，执拗地创作着一集又一集的绝唱。吸一支烟，对网中滋味不做点评。我的词性中，没有贬低，也没有褒扬。在荒诞的思绪中，我一直审视着自己的灵魂，虽然它不够鲜亮，但绝不肮脏。

眼里的世界，似货币一般，除了缩水外，更多的就是面对膨胀。从一种状态中超脱，却把预测盘点成新的纠结。冷了的是海枯石烂，热了的是儿女情长。

在虚拟的世界中，走得再远也有回头的时候。赶赴一场盛大的晚餐，饿了智慧，饱了情商。

3

看楼市，此起彼伏，漫无边际。

巢居喧嚣中，欲望在填词作赋，不得要领又毫无止境。我知道鸟儿飞入林中在寻觅什么，自己却不知走向何方。

起身踱步，窗前看月光散淡，把苍凉之光抛却九霄。放下酒杯里的心情，静静地把烟再次点燃。于是，满面浮云悄悄散尽。在悠长的景观大道上，我的灵感绑架着我的目标开始飞翔。

忽然想写一个剧本，把剧情搭建成一个大大的院落，让我所有的亲人们快乐地居住中央。这个剧本构思简单，情节舒畅。从小到大，从幼年到老年，全家人不再劳苦奔忙，不再远离故乡。每天无忧无虑，温情四溢，四世一同欢笑，一同歌唱。整个院落温情四溢，整个院落鸟语花香。这个剧本若写成必定深受欢迎，它会让欢乐成诗，幸福成行。

眼中有泪把梦淋湿。从虚幻中百度一个词语，搜到天亮。

4

看微博体味不知所云现象泛滥成灾，嬉笑怒骂不再成为潮流。

在旷日持久的下挫中，各种危机粉墨登场，甚嚣尘上。不以语出惊人为喜，不以精彩连篇为荣。平平淡淡打理一种状态，混迹于现实与虚拟才不至发烧。在没有投资的欲望之中生存、死亡，不再混乱不堪。关闭论坛，独自讨论个中焦点，没有标红、没有置顶，独自让它在心中成为一个精华。敲击键盘醉心码字，不经意中发现，笔锋早已被文本所收藏。

新友出书，老友怀旧，我却希望赶写的文字远离一种时尚。让各种对接成功运行，让前台后窗比比通透。简单了世间，清爽了心田，跟不上风，也赶不上潮，夏在雨中漫步，冬在雪中朦胧。甘心一种模式，其实就是为了一种轻松。各种欲望各种悬念，通俗易懂，大大方方。

在没有终极的原野上奔跑，我的句号不知如何标注。还要创作，为了超脱，为了分享。

5

自由穿越往昔与现实，让大海在心中肆意激荡。纵然海阔潮平，我依旧拒绝沙滩、暗礁与岛屿的瓜分。

顺水是一种方向，逆流是一种绝唱。高举杯，笑对千层纸醉；抬望眼，不屑万两金迷。在海天一色之中，我的舟楫破浪前行。累了，倦了，散了，懒了，我也不放下那高昂的帆。不放弃一次决定，在波涛中把海的滋味品尝，在激浪中领略一次海的形象。

想起老人与海，似乎不仅是一个故事；想起渔夫和金鱼，似乎不仅是一个传说。我不是那老人，相比于他，我还年轻；我也不是那渔夫，相比于他，我没有他那么幸运。心广阔无边，总要成汪洋一片。我只求我的大海多一些宁静，再多一些温暖，直到春暖花开。

在海上捍卫自我，不只是一种简简单单的航行。漫长的海岸线，不灭的航标灯，一次探索，一次启迪，让我起航时承载着一船的坚定。

雪　歌

我盼望下雪，就像盼望一个盛大的节日。

终于下雪了。轻轻拉开窗帘，雪花在窗外肆意飘舞着，就像飘舞着一段久远的记忆。终于可以把莹洁的雪放在口中细细品尝，终于可以在雪的世界里感悟大自然冰凌般的风格，也终于可以在雪的世界里放声高歌。

我没有淡忘雪的色彩，也没有淡忘雪的姿态。银装素裹，洁白如云。景色装点得如梦如幻，气息清凉得沁人心脾。真的，我记得雪的模样，就像记得我的朋友；我记得雪的模样，就像记得我童年的时光。真的，只有雪的色彩是简简单单的，只有雪的生命无牵无挂。飘荡后，沉寂下来的不是雪，而是整个世界。在雪濒临的瞬间，整个世界多的是一份沉重，少的是一种期待。飘飘洒洒，雪在降落中是自由的，在濒临大地时，它又多了一份责任。它来到这个世界，并未打算改变世界的色彩，并未打算长期占有这世界的每一个空间，只是在它到来后，这世界上少了一份寂寞，多了一份祥和。

其实，清白的总有些冷，雪也不例外。外面的世界很精彩，外面的世界很洁白。一个人可以做到踏歌起舞，却不见得能踏雪而歌。雪是一份奢侈的礼物，不见得任何地方都能获得一场雪，不见得所有人都能欣赏到一场雪。不知不觉，城市、乡村，平原、山区，都被雪装饰一新。在雪的点缀下，群岭、山坳，路人、街道，一切的一切，似乎多了一份耀眼的清灵。我痴痴地欣赏着、品味着，直看得雪使山川手舞足蹈，直看得雪使江河不再流淌。它飘飞着，让我的心在天空中舞动；它飘飞着，让我的心在天空中歌唱。哦，白茫茫的滋味，白茫茫的芬芳。

我珍爱雪，就像珍爱梦中的姑娘，就像珍爱即将逝去的青春时光。这雪让我的浪漫更加晶莹，这雪让我的纯真更加悠长。我是雪的弟子，我是雪的儿郎。在这奔腾的北国雪原上，我有如雪般的羽翼，我有如雪般的衷肠。我怎能把雪抛弃，又怎能把雪来遗忘。天地造物，自然给予了我们生存的空间，也给予了其他生命存在的理由。风、雾、雨，还有这皑皑的雪，都足以让我们产生丰富的遐想与悬念。我们还有什么理由来拒绝，又有什么理由不去感动？在感动中，我们无愧父母，无愧自然，无愧天地，更无愧了这个苍茫的世界。是这苍茫的世界在提醒我们：一年四季，总还有洁白的季节；滚滚红尘中，总还有一尘不染的记忆在散发着弥留不散的馨香。

我喜欢收藏雪，我喜欢记录雪。我收藏雪，其实就是收藏人生的亮点，就是让生命绽放出洁白的花朵；我记录雪，其实就是为了焕发一种光彩，就是为了在心中留存一份圣洁。降临时赤裸，离去时孤独。生与死的道理，朴实而又简单。一个人应该有雪的气质，更应该有雪的胸怀；应该有雪的轻松，更应该有雪的洒脱。若如此，行走在雪的世界中，就敢和世间所有的凡尘搏斗，就敢和世间所有的冷漠较量。我始终坚信，这个世界还有很多东西是干净的，除了这雪以外，还有一切美好的理想，一切真诚友好的善良，一切如冰清玉洁般的希望。真的，在雪的映衬下，就该把世间芜杂彻底抛到另一个世界。走下去，把雪来记载；走下去，把雪来收藏。一种景色，就是一种人生态度；一种景色，就是一种人生境界。

我的态度不会因雪而冷漠，我的真诚只会因雪而越发纯洁。雪歌一曲，激情在雪中燃烧，生命在雪中闪光。

雪　路

大雪降临后，路就不再袒胸露骨。

山也寒了水也瘦了，而雪后的路，怎么看怎么有些臃肿。当然，石阶也好，小径也罢，都是路的延伸、路的组成。有人喜欢走宽阔笔直的路，有人喜欢走蜿蜒通幽的路，也有人喜欢走循序渐进的路。各有特色，也各自不同。然而，对于雪路而言，它的风格和品位真的大体相当，就连走上去的节奏也基本一致。

雪成了路的财富，路却痛苦不堪。毕竟路是大地的一种标记，却因雪的覆盖和遮掩少了许多优势，甚至被搞得面目全非。但雪终究不会让这路走失，更不会让这路沦丧。雪是没有恶意的，它不会因为自身生命短暂，就蓄意制造一种混乱，让路和它同归于尽。它是为了洗涤路面上的所有风尘，才这样甘于沉沦，才这样义无反顾。

我始终相信雪是有声音的，否则，你踩在雪路上，脚步怎么能那样同声调地歌唱？真的，对于路而言，雪不在于色彩，而在于旋律。我理解雪的出发点，我也理解路的良苦用心。毕竟，有的时候路所承受的责任要比雪大得多。特征流失，风韵尚存。雪和路混为一体，也就浑然一体，其合成之优美也在于此。或像飘带，或像银蛇，或像云梯，雪路的弧线开始鲜明，也开始显露其独特的美。

雪路的终点可以构思，雪路的起点却无法省略。选择一条雪路，目的不是为了行走，而是为了把自己逐步融化到一个清新的世界。无论怎样，在雪路上行走，纵然阻力再大，终会让你放松身心。

有雪路的地方，往往获得幸运，伴随吉祥。

雪路是一种存在，是一种姿态，更是一种象征。有了雪路，天和地就有了传送福音的媒介，就有了沟通信息的桥梁。雪路尚未形成时，天对地而言，高不可攀；地对天而言，难以驾驭。雪路出现后，天和地就合二为一，互为一体。天地就成了一个世界，天地就写成了一篇和谐而丰富的文章。

其实，雪路是做好了奉献的准备。没有更好的形式，能让行走的足迹在雪路上变幻出各种各样清晰而又详细的记载。一行行，一串串，或简简单单，或奥妙无穷。有了雪路，大自然的思想变得清纯；有了雪路，人世间的道理就变得简单而又明朗。路多了一份冷清，尘埃却不再嚣张。不知不觉，你会发现雪路的存在富有哲理，且是那样的顺理成章。雪路能造就诗人和哲学家，更能造就历史学家。在雪上记下一分公正，路就会多出一分圣洁，天地之间就会彰显清白而富有希望。

雪路的价值不在于行走，而在于欣赏。雪路不是沙漠，不是绿洲，不是海洋；雪路是白帆，雪路是羽翼，雪路是月光。与音乐合奏，雪路就是一首轻灵的歌儿；同烈火燃烧，雪路就是一片灿灿的霞光。在雪路的搀扶下，你即便经常跌倒，也不会伤痕累累，更不会感到世界有何苍凉。雪路使所有弱者充满自信，雪路使一切强者更加坚强。

走上雪路，就走上了一条圣洁荣光的路。

雪　桥

我走过很多桥，独于雪中过桥尚属首次。

桥是很有诱惑力的，没有谁会无端地去拒绝桥。纵然你有再多的阳关道，在桥的面前，你都会放慢脚步甚至会驻足停歇。桥自有桥的轮廓，桥自有桥的体态。或直或弯，或平或隆，不同形状的桥，都能为你架起一道希望，为你拼出一片光彩。而雪桥的诱惑力不仅源自于桥的本身，更源于身临雪的世界里。因雪而淡然，因雪而刚毅，雪中的桥，不仅有着坚强的体魄，更多出无限的魅力。

雪桥中品味哲理，感受人生，会收到意想不到的效果。没有雪的桥是乏味的，没有桥的雪则是单调的。雪桥重在一个雪，过桥重在一个心情。心境不宁，心绪不佳，你就是走过再有魅力和诱惑力的桥，也会索然无味。在这种情况下，你的视线很容易变得模糊，重心很容易失衡，焦点也会变得散淡。迷蒙中，你会有一种莫名的惆怅从雪中袭来、从桥下涌起。纵然桥的弧线多么优美，多么有韵味，你也会感到一切都是那样的轻飘飘，那样的白茫茫。在雪桥上，平静与平和才可谓大方。雪塑造了桥的清冷，桥汇集了雪的灵性。我不是悄然而至，这雪却是纷至沓来；我不是匆匆过客，这雪已成为一种厚重的生态。我不会简单地去欣赏雪，我更注意将要行走，或已走在上面的这座桥。

有桥皆图画，无雪不诗文。桥有时很孤独，尤其是在下雪的时候。雪自有雪的飞扬，桥自有桥的积淀。在雪的弥漫中，桥的身姿越发显得婀娜；在桥的呵护和衬托下，雪似乎瞬间平添了一种柔情。驻足风雪桥上，心境豁然开朗。在思绪跳跃中，自己的生命仿佛也呈现出一种银蛇乱舞、蜡象狂奔的姿态。于是，透过茫茫世界，向远方望去，感触顿生。天下最难做的文章，除了支离破碎的记忆外，就是这在桥上飘飘洒洒的雪了。在这样的境界中，桥自然就是画的龙眼，雪自然是诗文中的韵了。慷慨挥洒，景色壮观。桥入了画，雪成了诗。

"寒花带雪满山腰，著柳冰珠满碧条。天色渐明回一望，玉尘随马度蓝桥。"（唐·元稹《西归绝句》）古人桥上赏月，我则桥上赏雪。荡扬洒脱的雪，清冷孤傲的桥，相互融合在一起，自然产生无穷的奥妙。飞扬飘逸，万千种的花朵，其实，都在桥上留下同一种情绪、同一种独白。苍茫万物，人生百态，在雪中尽情飞舞，在桥下罗列开来。倘若你稍不留意，你那所有的灵感和思绪都会稍纵即逝，荡然无存。当然，这不是雪的过失，也不是桥的过失，而是因为穹宇中有一种无法被忽略的存在。这也许是通常所说的大自然之伏笔，大自然之悲哀。赏雪在于角度，感受桥，则在于品性。即使雪停了、雪化了，我也要珍惜它。毕竟，没有这座桥，我就无法欣赏到这么美丽洁白的雪。

雪桥是一个梦，雪桥是一首歌。雪与桥相互依存，互为一体。在桥上赏雪，兴致无限；在雪中品桥，回味悠长。

酒杯里的月光

我对月光的痴情比对酒的痴情深得多。

儿时，月光在摇篮里萦绕，在母亲的针线里穿行；年少时，月光在田园间和水塘里荡漾，在旅途和异乡中奔波闯荡。而今，月光已被我的岁月酿成了一壶老酒，陪我畅游四方。我不胜酒力，但因酒而醉的时候很少。独与月光相伴，品一回，就醉一回。年轮每增一道，酒杯就大一圈，承载的月光也就多一片。感受不同时期不同地方的月光，就像感受不同滋味的酒一样。真的，只要月光斟满酒杯，酒杯就会成为月光的故乡。

酒一热，我的月光就温得很暖。我对月光与其说是情有独钟，还不如说月光对我有着格外的呵护。这种呵护，是一种心灵上的慰藉，更是灵魂深处的欣赏。月光是清澈的，清澈得毫不掩饰自己的锋芒；月光是灿烂的，每一次与她不期而遇，我都能领略到她特有的辉煌。若贫若富、若圆若缺，月光随时都可以把自己的生命毫无保留地挥洒成歌一曲、诗一行。北岭南山、东河西川、田畴水洼、天圆地方，无论是大城小市，还是异地他乡，月光都映照得一视同仁、一如既往。她是那样坦然，那样悠长。纵然世界冷漠如霜，我的月光都会镇定自若，如菊绽放。

品尝月光和饮酒一样。大凡有酒的地方，相伴的总会有一片月光。"唯愿当歌对酒时，月光长照金樽里。"一旦与酒结缘，月光就会成就千古绝唱。月光的形状如风似云，月光的味道四溢飘香。没有谁不对月光产生眷恋，只是眷恋的程度不一罢了。"今人不见古时月，今月曾经照古人。"月光在古诗里，月光更在酒杯中。在月光下行走，情调不一，感觉不一。忽而，月光如水，脚下晃动成一片沙漠；忽而，月光飘舞，年华却早已在飞逝中改变了模样。月光在窗前，也在旅途上。纵然是古道西风瘦马，我心中那片月光依然会潺潺流淌。

古人偏好饮酒，而我独爱月光。"举杯邀明月，对影成三人。"一旦酒与月光结盟，黯淡的词句都会发出耀眼的光芒。我见过老翁在月光中流连忘返，也见过少女在月光中痴迷遐想。是月光离不开我们，抑或是我们真的难舍那片月光，抑或二者兼有，总会有无尽的遐想和莫名的忧伤。"清迥江城月，流光万里同。"登泰山绝顶，月光助我攀缘的心皎洁浩荡；行舟于长江，月光使我起伏的梦缠绵悠长。月光是云梯，月光是白帆，月光更是让我望穿酒杯里那丝醉意迷蒙的希望。当月光肆意挥洒时，杯中的酒又怎会独自纳凉？

其实，最长久的月光在心中。月光下的海誓山盟不会持久，月光中的真情却会地久天长。月光里，记忆不会离得太远，思绪也不会纠葛太长。我试图在月光下编织一帘雨幕，让月光与细雨纵横于心里，让感情的激流在月光中汹涌碰撞。当我泪眼涟涟时，我渴望的只有月光，是月光教会了我如何把爱来歌唱。我感受月光好似在沐浴一样，她让我放慢了脚步，更放松了赘人的遐想；我感受月光，就像感受我心中暗恋已久的姑娘。我知道，只要真诚地面对月光，月光就不会散乱，就会回报于我弥留不散的幽香。

一方歌谣有一方歌谣的陶醉，一方月光有一方月光的忧伤。每一次听《城里的月光》，每一次的月光都大不一样。我轻声哼唱着月光，任凭月光把我引领到任何地方。我知道，我只是行走的歌者，不是醉卧的侠客。心里有月光，歌儿就会和月光一样，随风起伏，伴梦飘荡。倘若城市是我躯体游牧的场所，月光映照处就是我精神放逐的地方。

月光流进酒杯，酒杯也会沉醉。月光是一种境界，她睿智豁达，情深意长；月光是一种财富，她清新自然，恩泽苍茫。在月光的辉映下，还有什么凡尘杂念不可以抛弃？还有什么俗事愁绪不可以遗忘？只要酒杯里有月光，我就不会沉沦；只要月光常驻，我心就不会衰老。月光蔓延得越远，我的心智与灵魂升华得就越高。心有多宽，我的月光就有多亮。

心放飞在酒杯，我就化为了月光。

请你晒太阳

请你晒太阳，在交叉的路口。

我们出门时，太阳早已出发。在有山、有水、有云，也有花儿生长的地方。太阳让我们相逢在路口上，它似乎在论证一种叫缘分的命题。于是，我们就从各自的起点出发，最终在这里相逢。太阳陪着我，也陪着你。我问，你是我的影子？你回答，你是我的影子。我们相视一笑，在笑里，我们都成了彼此的一部分。你注视我，我打量你，我们会不会感到很陌生？我们需要徘徊吗？我们需要选择吗？都不。在太阳升起前，我们难免走得急走得匆忙，也难免会有一些疲惫。在这交叉的路口上，我们停了下来。我说，我请你晒太阳。你也一笑说，我请你晒太阳。那，我们就一起让太阳请我们自己晒晒自己吧。坐下来，我们在太阳下放松彼此的神经。还有路要走，还要在下一个交叉的路口上抉择。就这样先晒一下太阳吧。或许这样，前途会少很多波折。在太阳的普照下，我们谁也不会缺少勇气和力量。

请你晒太阳，在温暖的午后。

116

太阳在屋后开垦出一块明亮的地儿，就是让我们在上面植出一大片一大片的希望来。你不知道，其实，请你晒太阳，比请你喝一杯咖啡或者一杯绿茶更有情调。请不起你品尝山珍海味，就让我请你晒太阳吧。你看，太阳从早晨就替我向你发出了邀约。太阳很热情，你却迟迟疑疑，一直到了这午后才肯接受我的邀请，这不能说你有多么矜持，只能说太阳令你多了一丝羞涩罢了。太阳摇曳着我们早已散淡的心情，而我们的目光却变得更加柔和。回望身后的小屋，我们感觉想晒太阳的不仅是我们自己，这间装有我们共同记忆的小屋，也需要一种光芒的映衬热量的熏陶。我们和这小屋一起安静地坐下来，坐在这午后的太阳下面，把自己晒成一片柔软的风景。我们相互依偎着，让我们的热量相互交流成一道紫色的光。在午后，我们还能保留一份精神，说明我们的心还不累。

请你晒太阳，在遥远的地方。

若不是一种生命的恩泽，阳光也不会这样在我们脸上驻足。我们就在太阳下走着，走着走着，我们就走成一抹繁花似锦的景致，就走成一缕荒原中起舞的风。太阳从东方来，最终还是要到东方去。我们出发的地方已经在太阳升起时消逝了，下一个驿站，其实就是太阳再次升起的地方。我们一起坐在这里等候太阳和东方融化成一个方向标。我们曾经走完一段夜路，作为旅者，我们早已大汗淋漓。在启程的瞬间，我们满含热泪把晨露轻轻地捧起，等待黎明到来，等待太阳升起。就让太阳照着我们，就让太阳对我们再次问候。因为渴望，我们更加热爱光明；因为热爱，我们更加崇尚太阳。太阳给予我们的除了光明，更多的还有温暖。譬如，这午后，不就是在温暖中才使我们不再寒冷吗？这一次行程，因为有了太阳，我们才不会畏惧寒流、冰雪和风沙。真的，坐在太阳下，我们的家也变得越发亮堂。

请你晒太阳，在初冬的窗前。

春光，夏风，秋雨，冬雪，我们顺着季节线，默默地步入了尴尬的初冬。太阳不会冷漠，冷漠的只是我们在太阳下偶尔朦胧的视线。天空和大地都会暗淡下去，而太阳就在我们身边滑落后又升起。四周的色调流浪成一种灰色，而窗外的雪却没有向我们飘来。一道道光环从紫色玻璃窗上悄悄映入这室内，亮晃晃的。太阳真的让我们猝不及防。请你来到窗前，坐在宽大的椅子上，感受外面的太阳光芒万丈，感受那太阳对我们的友好和青睐。我们走过了春，走过了夏，走过了秋，面对初冬，我们镇静自若，无须多言。就这样，我们在窗前晒着，让太阳感受我们所期盼的那种温暖，也让太阳体会一种微笑的自然。因太阳的存在，我们未感到一丝寒冷和一丝孤寂。就要下雪了，太阳却笑成了一道光环，我们也跟着光环一起微笑起来。窗前，我们和太阳亲切交流，久久不肯离去。我们由衷感叹，初冬真的很温暖。

请你晒太阳，在微醉的时候。

还是喝了一点酒，对吧。否则，我们也不会这样在一起大声地、纵情地笑。石板是酒桌，泉眼是酒杯。在山脚下席地而坐，遥望那云遮雾绕的山岭，我们一起在想，那山，是刚翻过来的呢，还是准备着要翻的呢。不必质疑，翻过前面的山我们就会如释重负。我说过，我想请你晒太阳，但没说不请你喝酒。酒很昂贵，太阳也不便宜。能晒太阳，说明我们的日子虽不富裕却也自在悠闲。我们相对而坐，可先喝酒也可先晒太阳，或者，边喝酒边晒太阳。在酒杯里，浓度最高的就是我们的笑意。喝着喝着，太阳就忍不住从云后笑着走出来。太阳在笑的时候，我们都灿烂十足。酒让我们目光迷离，太阳让我们心意缠绵。我们晒着太阳，太阳开始酝酿着一种辣的滋味。而酒，在杯里发着迷醉的光，似乎在回敬我们一种沉醉。请你晒太阳，也请你喝酒。酒和太阳让我们有热量，太阳让我们感动，酒让我们激动。在太阳下喝酒，我们岂能不醉？

请你晒太阳，在广阔的空间。

太阳下，我们和蚂蚁一样，都很渺小。我们喊一声，太阳听不见，蚂蚁却感受到一种轰然。我们在旷野上奔跑，试图追逐太阳，我们的影子却累得苦不堪言。追求一种超然，就是为了一种扩张。其实，请你晒太阳就是一种领略，领略天地的广阔，领略世间的空茫。在广阔的天地间，因为渺小，我们不断汲取养分，让躯体更加强壮，精神越发闪光。不是吗？暴露在太阳下，就该亮亮堂堂，思想、情感还有灵魂理应真实表白。在太阳下面，任何捆绑自己、遮掩自己、回避自己，都是一种怯懦和卑微的体现。在太阳下，万事不必隐瞒，万念不必隐晦。而和我们一路走来的人们，活得并不轻松。有容不愁量，大爱则无疆。天地包容了万物，包容了你我，也包容了太阳。请你晒太阳，就是请你欣赏一种真实，一种超越，一种博大。不是吗？在太阳下洗涤灵魂，任何躯体都会释放出绚烂的光芒。

为雨而感动

　　就这样为雨而感动。在近乎无望的期盼中，雨，终于来了。

　　早晨，天灰蒙蒙的，像往常一样刮了一阵子干燥的风。夹杂在风中的尘沙，刮在脸上，如针扎一般。春季乃至夏季之初，林区人盼雨如盼救星。因少雨，"春防"一词使用的频率最高。倘若这时能下一场雨，则不亚于天赐恩惠了。眯起眼睛，双手插在风衣兜里，盘点着雨的记忆。慢慢地向前走着，忽然感到有水滴打在脸上。遂托起双臂手心向上，情不自禁地喊了一声："下雨了。"雨，真的来了。

　　起初，雨一点一滴、不紧不慢地散落着，显得漫不经心，很是悠闲。可不大一会儿，这雨就有些不耐烦了，开始噼里啪啦地一个劲儿地往下落，似乎在宣泄一种不满。真的是一场好雨。有谁不希望好雨下个够呢？能下起这样一场好雨，是一种神奇，更是一种幸事。幸事总是饱含着一种幸运，也预示着一种幸福。风在雨里，雨在风中。因这雨而放松的，除了心情以外，我想，一定还有这林区长时间绷得紧紧的防火警戒。雨在风斜云卷中不停地下着，大街小巷一时间不约而同地举出无数顶五颜六色的雨伞。似乎，这举出来的不是伞，而是一派生机、一片希望。即或没有举出伞的，也似乎心甘情愿被这雨彻底淋一回，也好体验一番畅快的感觉。这真的是一场好雨，它不仅是一种倾诉，一种迸发，更是一种无以复加的挥洒。我真想和这雨拥抱一回。倘若雨真的有灵，也定会同意我的这一想法的。

"黄梅时节家家雨，青草池塘处处蛙。"有雨的地方多见于南国。我切身体味过南国的雨。那雨不似这北国的雨酣畅淋漓，却在缠绵悱恻中与云雾一同不紧不慢、不依不饶地弥漫着。倘若你设身处地在那样的雨中驻足，绝对感受不出一丝痛快的意境来。要是你站得太久了，无论是雨对于人还是人对于雨，都有伤于情调和风景。是啊，本已是潮湿难耐了，迎来的还是一场又一场令人焦灼不安的雨。在飘摇之处，早已黯然神伤，百无聊赖。而对雨欣赏的兴趣，完全依赖一种无助的等待和不安的忍耐。被雨敲碎了的除了梦以外，还有心情。心情却真的糟透了，但还是要再等待再忍耐。要不，下一次阳光的映照可真的遥遥无期了。

不论情绪怎样，南北两地的雨还是各有韵味的。南国雨章法得当，婉约散碎，细腻悠长；北国雨豪迈奔放，紧凑有度，洒脱张扬。当然，欣赏的在于角度更在于心境。无论是这北国还是那南国，就雨本身而言，它所要表达的情感绝非是一种简单的喧嚣。它与江河有同样的性格，可以重复着一种奔涌的姿态，但不可能把原有的姿态在一个地方再还原一次。换句话说，重复的可以是一个主题，但绝非是同样的内容。坐在电脑前，敲打着如雨点般的文字，心之天际仿佛也在下着雨。要是能找到时空隧道，那么，我一定求这隧道把自己连同这北国雨一同带回往昔的岁月中，让那旧去的漂泊岁月也如今天一般拥有踏实的体味和踏实的感觉。

凝神赏雨，心情豁然开朗。我为雨而感动，更感动于这沧桑的天地与多情的万物。人们企盼雨之恩赐，其实就是在企盼着生命的滋润与轮回的复苏。真的，风调雨顺不仅应该是祈祷和祝愿，更应该是一种人与自然的和谐法则。只有善待大自然，大自然才能给予人类更多的恩惠。身处北国，直面这可贵的雨，虽然没有"沾衣欲湿杏花雨"的感觉，却也生出"山色空蒙雨亦奇"的意境来。我心中所期待着的雨，其实就是这种有姿态、有内涵、有价值的雨。尘埃落定之时，必定是一场久违的甘霖。其实，难以把握的不是雨的姿态，而是雨的内涵和精髓。不信，你在雨中信步漫游一回，你对雨的希望肯定在雨后稍纵即逝，了无痕迹。雨在丝丝缕缕地牵引着我的思绪飘飞，躺在午间的床上，闭目倾听雨的呢喃，真的比欣赏一曲悠扬的古筝曲更为惬意。沉醉于此时的北国雨中，把潇洒的风格略加修饰，不知不觉生出些异样的感觉。而感动我的雨，也不知不觉地演绎出一场如约的梦。

　　我为这场雨而感动。这场北国雨已找到了应有的归宿，它足以使八百里兴安厉兵秣马、枕戈待旦的防火大军长长地松一口气。我相信，这场雨过后，北国八百里兴安定会孕育出无限的蓬勃。毕竟，在这样的时节里，下了这样一场宝贵的雨。

晴好的月散淡的风

岭上岭下

天高，高于梦棚之顶。立于岭上，看山杜鹃姹紫嫣红，心中一团圣火。

我听得懂自然暗示的语言，也知道自然所要演示的内容。大自然说："与我相约，你的身心不会疲惫。"我说："我融入自然，我自然就成了你。"

登临坡上，我更加渺小。在浩瀚的云海中，我试图体验一次超越。瞭望塔为我搜寻某种燃烧，在与遥远的云朵相约。查阅树木，品读森林，我就是一阵苍老了的春风，吹来一片新绿，带走残缺的斑驳。别说我喧嚣千年万载，其实在我心中也忍受过百年孤独。

坐视群岭延绵不绝，我的感觉忽然萌发奇异：每个岭上都在反光，每个岭上都有我的影子在折射。那是无数个自我，在谦卑中托起大小不一高低不同的岭。这些岭啊，已不再自由分割，它是携手相连的大兴安岭。

索性躺下，把自己遐想成一个悠闲的人。岭下，我是一个凡人，岭上，我就成了一个神仙。

文字环保

我在写诗，是那种没有标点的诗。文字在情感中形成思想，思想在文字中点亮。我知道，如果我写的是铿音锵节，我的笔下也就会闪动一种坚强。

创作的文体束缚不了我创作的激情，束缚我的，只能是那种方向的遗失和自我的踟蹰。所以时至今日，我走得毅然决然义无反顾。在创作中，我把诗歌当成阳春面，那散文自然成了我的家常菜。我用诗歌抒情，我用散文叙述。而杂文，就是我的感叹与牢骚。可我叙述得多了，就忘记了抒情；我叙述得多了，就忽略了感叹。只有牢骚，时常在心里翻滚，至今尚未形成文字。

母亲在世时，看我写诗，她说："别写那些人家看不懂的字，要写就写写你懒惰的事。"母亲很真实，我也就不敢再朦胧。慢慢地，我开始尝试在抒情中掺杂一些叙述，在叙述中勾兑一些抒情。感觉味道不错，适合于我。于是，我不再写诗，改写一种像散文的文体，让读者浪费时间浪费表情，跟我一同在空洞中穿梭。

我在写字：成堆的是散文，分行的是诗歌。随心所欲，四处飞扬，却誓死不做填埋场上的垃圾。所以，我的文字依然很环保。

雨　中

云重，天地萧瑟，雨季提前与苍生会晤。把梦寄托给一年四季，栽下金色希望，收获的却是一片淋漓。农人们很累。

冷雨中举伞，让云层情何以堪？忽然想起抗洪的日子，不容一滴水外泄，筑堤垒坝，意坚志强，把围追堵截的命题做得很大。如今，走在行程上，驿站已不是唯一的梦，心中的豪情和脚下的勇气却汇聚一份庞大的自信。任各种波涛起伏，这份自信都会让我独处一种宁静。又想起当下一句时髦话，不禁哑然失笑。头顶上响起一种声音，比较木然。于是，雨滴更大，行色匆匆的人越来越多。

一辆森防车驶离城区，似乎多了一种悠闲。东海、南海有险，却也掀不起大浪，还畏惧什么林海的风险？本是春防，千军万马云集森林处，只需一场雨，就可化解神经上的紧张。解除警戒，防火者帐篷里可以饮酒，路边上可以吸烟，雨水不大，却足以浇灭一次非蓄谋的点燃。

紫丁香开始悄然绽放，如雨泼墨，淅淅沥沥，一种诗情画意。系起风衣扣，往前走，多出一份轻松。歌声从商铺传来，缠缠绵绵中似乎像一首天籁，来不及品味，却已被细雨打落在路上。

年华似水难免疲惫，岁月如歌心情尚好。稍加修改，显示器就显示出一句：你若开心，便是晴天。

小飞机

小飞机飞得慢，却也比步行快。往返支线中，我的旅程不再短暂。

高飞的喧嚣自然也是噪音，只是比北回的大雁叫得响。大雁从来不出卖跟随自己的小雁，而这飞行器，有时连自己的乘客也毫不吝惜。这也是我厌恶它品质不够端正的原因。可既然选择了它，我只好耐心乘坐，祈祷安全到达后，尽快起身，或叫扬长而去或叫逃之夭夭。

唯恐成为干扰飞行的罪魁祸首，关手机系安全带，正襟危坐，噪音依然。仔细倾听一种心跳的节奏，舱外有声音如泣如诉："我不是马航，我不是马航。"

仰慕过高飞的一切大鸟和飞行器，仰慕过一切一日千里的飞翔和垂落，心中已无杂草丛生。宁静教我淡然，喧嚣才使我不安。与行云相伴，飞行的速度一再被红日限控。一个声音为我呐喊："往前飞往前飞。"云海起伏，小飞机自由穿梭，我心继续飞翔。

我有一个梦想，天空高远，大地安然，我成为雄鹰，有飞行器的硬度，有大雁的高度。我有一个梦想，我是一只不落的雄鹰。

熬　粥

我在熬粥，熬一锅金黄金黄的小米粥。

锅不大，粥不少。从谷子地收获到粮仓里，你的诱惑就一直没有削弱。我欣赏你的姿态，留恋你的气息，喜欢你的滋味，在我心中，你的魅力自不赘言，你的形态自不形秽。为了一种亲密接触，我开始用一种微火把你点燃。有些残酷，罪在于我，愿你在腹中慢慢融合，补我一种能量。不敢说立饮你的丰富营养，却也充满期待慢慢品尝。品味你的温柔，记住你的营养。我为享受，让你受苦；入口缓慢，尚需耐心；你在煎熬，我在品尝。你开始翻滚，我的思绪也就跟着你上下起伏，随波荡漾。

看电影，是小米加步枪的题材。边感动，边看你在锅里翻滚成浪。品尝你，你的苦你的累还有你的好，这是歌词，也是我的大实话。是我，是我，还是我，让你有声有色欢快蒸腾，让你的热浪在蒸气中奔跑。气体在热情中撒欢弥漫，为了口感润滑，更为了保存营养，我把耐心再次收藏。

母亲在世曾说：吃粥养胃。我一定要坚持吃，相信我的胃口越来越好，熬粥水平越来越高。恍然醒悟，除了吃粥，我已别无胃口。

126

年　轮

已入中年，太阳就在头顶。

岁月无痕，而我的影子却在路上成为一种斜长。在上下左右不断求索中，我的年轮像标靶，画了一圈又一圈，而我的目标就在靶中央。因心有所系，我的刀锋锐利闪光。坐拥困倦，不再嗜睡，不是天气干燥所致，却和温度有关。

走在路上，思绪飞旋，而节奏产生时，命运之花已如期绽放。路两侧的杨树站立了很多年，躯干不再年轻，却依旧枝繁叶茂。风一吹，它们就漫天飞雪，将白絮拂成一道风景。戴上水晶眼镜，阳光不锈，门前溪水，与光影一同倒流，看着有些尴尬也有些累。青春在前行中流逝，踟蹰行走中，我的岁月又多出一丝褶皱。

两只蝴蝶在飞。想起梁祝，干吗变成昆虫？要成植物，可以省却飞行。飞行就会变老，老了的蝴蝶，还能再飞吗？

用百度搜索，各色名人都接受我的检阅。知道他们说过很多名言，却都与现实脱节。于是尝试当名人，故弄一种玄虚。比如，与生命对话，能探寻成功的奥秘。

也想研发叫"哲理"的产品，却猛然发现：其实人们现在都比我深刻。

第七辑　胡思乱想谈名人

大约在午夜

　　大约在午夜，我因室温高而流汗，因室温高而无所适从地流汗。我真的怕热，因为一热我就出汗。从去年以来，汗水就一直没有断过。不忙时还好些，一忙，就挥汗如雨，表现得蔚为壮观。

　　据说原央视节目主持人李咏也好出汗，由于频频出汗，导致在主持一些节目中还要下台不断补妆。但不知道李咏是否在冬天的室内也打风扇。房间热，热在冬季取暖期尚未结束。大约在午夜，暖气的热量又开始肆意横流。再次把客厅的窗户打开，再次用手下意识地拭了一下额头上的汗。在这春寒料峭的时节，我的室内，居然还开着窗户，居然还用起了风扇，真可谓一种奇观了。电脑桌旁横卧着几个空矿泉水瓶。水是没少喝，可还是感到嗓子有些发干。这种感觉从春节后一直没有消失，每天都缠着我直到夜深人静，直到黎明将至。

　　大约在午夜，室温二十七摄氏度，我燥热不已，睡意全无。今年的北方怎么就像这股市一样让人捉摸不定了呢？晚饭时，妻子说豆油又涨价了，好像还说儿子补课的事，可我一句话也没听进去。恶性循环了，我因房间热，休息不好，间或感冒，憔悴已露端倪。我不敢想，这大北边的地界，连一场像样的雪都不下，为何还要拼命加压、呼呼地送着热气呢？问过供暖公司，答曰众口难调，宁可浪费能量也要照顾怕冷的居民。我也研究过，把入室的暖气阀门关掉，却又恐这样会使自家暖气管道不畅而被汹涌而来的淤泥再次堵塞。我已被其所累几年，好不容易清除完，再不想惹麻烦，只好任凭热浪扑面，任凭热气冲天。唉，无法安稳休息，活该自己对温度这样不适。

不是我把温度搞乱了，是温度把我弄晕了。参加工作以来，自己流过无数次汗水，从未有过惜力之念。可现因对温度不适，不分场合不分时间流起汗来。这汗很特别，它不是那种运动后的热汗，而是稍做举动，就会使自己的额头上不知不觉涌出、渗出的虚汗。起初自己不在意，可在大庭广众的情况下，经不住大家好奇的目光。就这样，出汗使自己滋生出一种尴尬来。我不是那种拈轻怕重的人，可我真怕人说我不干活也出汗。当然啊，这样地出汗倒也耽误不了什么事儿，可在我心里还是形成了负担。看了几次中医，都信誓旦旦说这是很好治疗的小病。于是，他们八仙过海大开中药；于是，我忍着各种滋味捏着鼻子吃药。可是，用药一停，还是无济于事。钱没少花，汗水依旧没少流。看来，我是流汗流到自然停了。大约在午夜，我被怕热而流汗弄得痛苦不堪。我怀念干活不流汗时的快乐，也开始厌恶不干活也流汗的状态了。

风扇不停地吹着，在三月时节的北方有着集中供热的楼房里不停地吹着。大约在午夜，心静了，也没法儿自然凉。无欲无求是不可能的。人嘛，难免都有些脱不了俗的一面儿。相对的平和、相对的豁达，我还是能做得到的。我始终安慰自己，要学会坚持和忍耐。那天和父亲说，去年六千点时给他们买的基金，就算我买的了。我不想让父母被那一落千丈的沪深股市所困扰。毕竟，他们年纪大了，不想让他们跟着承受心理上和经济上的压力。父亲自然懂得儿子的想法，虽然清楚我所坚定的

131

定不会改了，但他还是在电话中很固执地拒绝着。电话那端只剩下"嘟嘟"声，我愣在这边，不知所措。父亲很生气，后果……我不敢想了。我知道：一两次的不公正会发生的，一生的不公正绝不会存在。为此，我行走得很执着，似乎学会了在坚持中寻求希望，在忍耐中获取公正。大约在午夜，我的思想被持续的高温烘烤着，蒸腾着。一个人在心情焦躁时还可以发泄，那么一群人焦躁了又该怎样去发泄？我无法向深层次想。真的，我始终希望爱我的人和我所爱的人都能心情舒畅、都能如愿以偿。虽然，人生不如意十之八九，但我还是希望，每一个人所得到的如意多一些再多一些，能避免的灾难少一点再少一点。大约在午夜，我在祈祷自己所担忧的不会灵验，自己所祝福的尽快实现。

真的想吸烟啊，要是有根烟吸一下该多好啊。大约在午夜，我突然有了烟瘾。我不知道，吸烟是否可以缓解自己这出汗的毛病。其实，我戒烟的主要原因是为了省钱。我不是那种吝啬的人。俗话说，烟酒不分家。你一支我一支，一包烟自己抽不了几支，不经意地一包就没了。这样下来，已经成了一种不好更改的习惯。抽好的吧，抽不起；抽差的吧，又碍于情面羞于出手。只好一不做二不休，索性把烟给戒掉了。屈指算来，戒烟已三年有余。不吸烟有不吸烟的好处，省钱了、卫生了、健康了。可是，现在这样的温度，让我该怎样安稳下来呢？兴许，抽烟能使自己对温度不再敏感。要不，抽一支，就抽一支？真的，大约在午夜，我产生了吸烟的冲动。我知道，一旦再把烟吸起来，就会一吸不可收拾。

午夜难眠，干脆不眠。关掉电脑，躺到床上打开台灯，从床头柜上随手拿起一本杂志翻了起来。可翻着翻着，反倒更精神了。大约在午夜，突发灵感：难以入眠的群体可以划分几类呢？位卑未敢忘忧国的该算一类；蝇营狗苟琢磨人陷害人的该算一类；煞费苦心设计形象工程该算一类；东窗事发担惊受怕的该算一类；谈情说爱兴奋过度的该算一类。我呢，顶多算第一类。可我又忧的哪门子国呢？政治上有组织掌舵呢，经济上有政府把关呢，安全上有人民警察和解放军保卫着呢。我，还有什么担心和牵挂的呢，还有什么值得杞人忧天的呢？风扇把几个空矿泉水瓶从电脑桌上吹落到了地下。妻子睡眼蒙眬地说了一句"睡吧"，就又进入了梦乡。我真的羡慕她，羡慕她能置身高温外而甜美地睡去。

春困秋乏，可我不困也不乏。好像虎鲸和宽吻海豚出生后一整月不睡觉，候鸟迁徙几天几夜也不眠不休，真的令人惊叹不已。前些天，在网上偶然看到一则新闻：西班牙塞科维亚市，有一个叫赫舒斯·福鲁托斯·塞诺维亚的人，他已经三十四年不睡觉了。尽管如此，他的精力旺盛，身体健壮。这样长时期的不眠状态没给他带来任何不适的感觉。这和专家们所说的"人生约三分之一的时间是在睡眠中度过的"似乎有些出入。或许这只是一个特例，但是，为了生存，为了使自己生存得如意些，不也有一些人正在残酷地裁减自己的休息时间吗？把台灯关掉的一瞬间，自己苦笑了一下。是啊，自己不也曾为了工作，经常加班直到午夜吗？不也曾经因为文思泉涌整夜不眠奋笔疾书吗？不也曾经因为身在异乡于夜深人静时辗转反侧吗？当然，这些同我现在又有着本质上的区别。原来是主动地失眠，现在却因为这该死的温度被动地失眠。大约在午夜，我渴望自己成为一个嗜睡的人。

窗外好像起风了，起了不大不小的风。冬天的雪不下了，春天的风却照刮不误。在这样不正常的自然环境里，生存的优势还剩下几何？大约在午夜，我突然对这个世界，对这个环境开始忧心忡忡起来。我和很多人一样生活得不轻松，甚至很累、很疲惫，也很无奈。就像窗外那临风的建筑群一样，干涩而又无助，却又眼巴巴地等待着一种奇迹，一种点燃生命之火的奇迹。望眼欲穿，直望到昏昏沉沉，直望到东方发白。我不想知道，此时此刻除了我，还有谁像我一样放纵着自己的思想，还有谁像我一样晾晒着自己的灵魂。我真的想成为窗外的风，也好随心所欲，潇洒一场。我知道，胡思乱想虽然起不到催眠的作用，但至少可以耗费自己的脑力和心血。我不相信自己真的会彻底失眠，不相信。眼皮有些发沉，枕边的杂志疲倦地滑落到床下。总算要睡了，也该睡下了。再不睡下，我真要报警了，报生物钟的警。

　　大约在午夜，一个被高温折磨得痛苦不堪的人渐渐睡去，另一个夜游神在精神的草原上又开始大汗淋漓地踉跄着、奔跑着，无法停歇下来……

胡思乱想谈名人

雁过留声，人过留名。人活一世，谁不想留个名呢，又有谁不想成为名人呢？

首先要说，咱不是名人，用小品里的台词说，至多也就是个人名。尚在襁褓中，咱就有了人名。据说，人名确定还惊动了祖父。他老人家拿出家谱，反复推敲，确定了我的名字。人名与生俱来，人名形影相伴。名字是任人喊的。喊着喊着，就被喊大了，喊着喊着，就有可能喊成名人了。从小到大，人名都想出名成气候。小时候想当的是英雄，当那种打鬼子、解放劳苦大众、见义勇为的英雄；长大了想当的是名人，当知名人士、公众人物、社会精英。为了成为名人，咱曾经多次尾随名人成名之路进行反复研究。什么四书五经，什么帝王将相谱，什么这个史那个记，这个藏那个典的，看得昏天黑地，看得没有头绪。后来，干脆啥也不翻不看了，在案头上咱就放一本《现代汉语词典》，以便对名人之姓之名进行研究。当然，为了研究名人，咱也想找一本那个啥《康熙字典》来翻翻，至今未果。据说那《康熙字典》特贵，不好弄，就算了。

咱明白，名人不是与生俱来的，哪儿有无缘无故地从天上掉馅饼的美事啊。要成为名人，总得要为之奋斗。其实，人名越多的地方，出名人的概率似乎也就越高。一个国家是要出很多名人的，比如，名垂青史；比如，遗臭万年。一个单位也是要出几个名人的，比如，先进典范；比如，无耻小人。只要有名人产生，就意味着社会在进步，时代在发展，人名们在与时俱进。要是一不小心混成了名人也就算了，可若要为成名人，死皮赖脸搞潜规则脱胎换骨，恬不知耻地丢人现眼，这就让人名们有些难以接受了。去年这个时候，很多网友就评论这个色那个戒的电影，都归结为人家想出人头地成为名人。名人独树一帜，名人别具一格。谁要是和名人重名了，保准能沾点仙气儿。网络时代，查啥资料都特方便。不说百度、Google，也不说什么人肉搜索，咱就随便把自己的名字往工具栏里一输，再那么一回车。瞧瞧，啥结果都出来了。仔细看一下搜索结果，还真就吓了一跳。和咱重名的，竟有一大堆。什么在校学生、大学教授啦，什么农业专家、军队记者啦，什么镇人大常委会副主任、县民政局局长啦。更令咱惊讶的是，居然有和咱同名同姓的人名也在搞文学创作。真是重名无所不在啊，咱个普通人名，重复了不要紧。因为咱那啥，咱没压力。重复了就重复了吧，大丈夫行不更名坐不改姓，再怎么着，咱也不会去改名。要改，最好别人去改啦。

　　名人与众不同，名人光宗耀祖，名人八面威风。咱这意思是，名人名好了，是值得推崇的，是值得敬仰的，是值得为之奋斗的。名人和利益直接相关。比如说啊，名人可以产生轰动效应，名人可以有这个粉啊那个丝的。而且，名人可以家喻户晓，名人可以尽人皆知，名人可以我行我素，一往无前，信口雌黄，胡说八道。名人影响力极强。名人效应、名人广告、名人网、名人电视台、名人论坛、名人名言、名人档案、名人博客、名人传记、名人故事、名人字画，呵呵，就连厕所都往名人上靠。那次，在一个旅游景点发现公厕标志都用名人画像。您说，这厕所

136

去一趟值得不？虽然五元一位，但是，内急毕竟带动内需啊。可以想象，此厕所生意那是相当的火爆了。名人灿烂无比，名人金碧辉煌。出有香车宝马，行有前呼后拥，甚至可以雇佣大批保安防止挨揍。没有利益，谁还想当名人。咱人名至多也就是旅旅游、看看景，人家一些名人可就不一样了，人家可以评点山水，可以题词演说。名人好处太多了，除了这些，还有那个什么偷税漏税的，什么这个门事件、那个事件门了，搞得地球人都知道。您看，名人多牛啊。

要不咋说呢，名人是角儿，名人是腕儿，名人的嘴大到海阔天空，名人的鼻子能高耸入云。名人的心，汹涌澎湃，名人的脸，波澜不惊。能装，要不咋叫名人呢。在家要换装，出门要扮装，台上要假装，台下要真装。不装，就会失去名人的光彩，不装，就会迷失方向。您说说，这名人累不累？可要说累吧，人家名人还真就乐此不疲，你能咋着吧。您看看，人家台上光彩夺目，台下众星捧月，哪像咱这般人名没人注意啊。人家这些名人，随便整点事儿就出名，您行吗？您整的事儿，至多是没人问津的破事儿，人家名人整的那事儿可就不同凡响了，那叫花边新闻，那叫"丑闻"。您说，这名人能装不？一旦出差错了、露怯了，人家也不需要您替他们捏啥汗。您那担心叫多余，叫瞎操心。知道吗，人家可知道咋去修补自己的名人形象了。人家可以找个时机，在媒体上对如您一样好糊弄的人名们，大大方方地、羞羞答答地、眼泪汪汪地道个歉，说什么年轻不懂事或者是一些您听不懂的理由。即使您知道人家说的是名不副实的假话，是在糊弄鬼呢，可您又能咋地吧。谁让鬼都相信人家呢。

名人喜欢干什么？咱说不好，但一些自以为是的名人喜欢题字签名却是众所周知。不信？你随便去一条商业街转转，甭管店铺多大，效益如何，那商业招牌可都是由名人题写，甚至连公厕也不放过。盲目吹捧和崇拜名人题字，出的笑话也不止于国内了。一专门经营性保健品的日商来中国旅游，对一家门面不起眼生意却特火爆的店铺产生了兴趣。他不买东西也不言语，门里门外进出几次，最终认定门前的小牌子一定有招财之神力。于是，日商用半生不熟的汉语与店主协商，要出高价买此牌。店主却十分豪爽，仅以区区十美元把牌子卖给了日商。日商如获至宝，喜不自禁。回国后，立即选了一个黄道吉日，把这块魅力无限的牌子虔诚地立到了自家的性保健品店铺旁。一中国留学生打门前路过，看罢牌子哈哈大笑。原来，那牌子上龙飞凤舞写着七个汉字："湘西特产大甩卖。"名人不会题字的，也要学会签名。当然，签名有签名的学问，签名就要签出名人的特色来。您想啊，都一律签出宋体字来，那谁还要啊？所以呀，就去设计签名，加工签名，最后就临摹出十分美观、上档次、符合身份又有个性的签名来了。名人签名魅力无穷，有特权的名人签一次名那就价值连城了。当然，名人锒铛入狱时签的那次名就另当别论了。

咱知道，人怕出名猪怕壮。做人难，做名人更难。一旦成为名人也不都是好事，起码活得不轻松。人名也好，名人也罢，都要有个价值体现。出名不见得是难事，可出好名就不是一件容易的事了。何况，有的出名不仅丢自家的脸还有损国格呢。真正的名人，把民族利益、国家利益和百姓利益放在第一位，经过千淘万砺终留一代英名，永垂不朽，成为真正的名人，永远受人爱戴、受人敬仰、受人怀念。虚假的名人，不知尊严忘却大义，图个人利益贪一己之私，卑鄙无耻，小到害人害己、大到祸国殃民，令人憎恶，被人唾弃，最终成为千夫所指阶下囚甚至是历史罪人。真正的名人是恒星，虚假的名人就是流星。真正的名人，人名们永远记着他；虚假的名人，只能令人名们贻笑大方。时势造名人，发展出名人。要当名人，就要当个好名人，当一个让最广大最普通的人名们效仿、学习和尊敬的名人。提倡以人为本，反对以名人为本；倡导社会主义核心价值观，摒弃名人发展观。名人们呢，也要自省、自重，要时刻提醒自己其实就是个人名而已，不要忘乎所以，更不要妄自尊大，要从人名中来到人名中去，夹着尾巴先做好一个基本的人。毕竟，历史不只是名人的历史，世界不只是名人的世界。

　　胡思乱想睡不着，索性下床打开电脑。忽然发现，一个和咱重了名的不知道属于人名还是属于名人者，正在被网络通缉。

笑起来有多好

记得小时候看过一部叫《苦恼人的笑》的电影，一上映就引起了广泛共鸣。那时我还很小，没有什么深刻印象，只知道人们对这影片评价很高，人们终于可以把心里的压抑和苦闷倾诉出来，终于可以发自内心地开怀一笑了。

笑是一种点缀，笑是一种表露，笑更是一种心情。真正的笑不是轻易产生的。现如今，每个人的压力都很大，挑战都很多，要想开心一笑难上加难。不说笑是一种奢侈品，但笑真的不是一件容易的事。不信，你仔细观察一下街上所有的行人，去看看他们的面目表情，还有多少人能流露出真实的笑容。行色匆匆，脚步杂沓，而表情多为疲倦和茫然。笑似乎消逝了，笑似乎远离了我们这个时代。也许我们真的太忙碌了，也许这个时代太物质了、太现实了，使我们需要的那种笑变得越发珍贵起来。我们真的太需要笑了，需要发自内心尽情地一笑。然而，这种发自内心的笑，又是多么的可遇不可求啊！

笑哈哈，笑吟吟，笑嘻嘻，笑眯眯，老百姓一年到头，不就图个高兴吗？前几天，偶然在网络电台上听了一段笑话，居然使自己笑出声来。这笑话大意是说，一只壁虎在证券公司门口迷了路，这时爬过来一条鳄鱼。壁虎一见连忙上前就抱住了鳄鱼的腿，大声喊"妈妈"。鳄鱼回过头来怜惜地叹了一口气："孩子，刚炒了半个月股就把你瘦成这样了。"可笑归笑，却经不住细嚼慢品，几分钟后心情又沉重起来。一句话，我们的笑不正是被这些耳濡目染、亲身体验、切身感受到的烦事、憾事、琐事、无奈之事给消磨殆尽了吗？

如果说，真正的笑一次比过一次年还难的话，那么，我们真的该祈求上苍多给予人间一些难得的笑了。笑的内涵很丰富，也很有学问。笑可以藏尽万千玄机，要不，怎么有笑里藏刀、笑里藏奸之说呢？尴尬的笑、无奈的笑、迷惑的笑、牵强的笑、阿谀的笑、献媚的笑、癫狂的笑、皮笑肉不笑，凡此种种，笑的形式多种多样，像云像雾，很朦胧，也很虚。这虚，谓之虚伪或谓之虚假，不做深究。既然笑这样有说道，那么，笑真的可以不断培养。时代需要笑，老百姓更需要笑。我们一定要研究出这笑的起因和价值，毕竟，这种笑不是装出来的，不是人为制造出来的，而是情不自禁，不约而同的，是开心的、爽朗的、轻松的、幸福的，更是和谐的。

笑也是一门艺术。艺术的价值能提升笑的品位，丰富笑的内涵。近些年，有关振兴相声艺术的话题很多，这也充分说明，我们的生活和生命中离不开笑。经济发展了，收入稳定了，生活无忧了，会产生笑；国家统一了，民族昌盛了，社会和谐了，会带来笑；利兴弊除了，风调雨顺了，国泰民安了，会孕育笑。健康的笑是时代发展的生动音符。没有这样的笑，时代发展是不健康的，社会进步是残缺的。

笑可以抒豪情，笑可以壮国威。如果把每个人的笑汇聚在一起，完全可以震撼整个世界。反动势力和敌对国家不希望也不甘心我们的国家和人民笑口常开。我们不要奢望或祈求它们能给我们带来笑，更不能因为它们的干扰和阻挠而放弃我们的笑。笑起来有多好。为了笑，我们中华民族所付出的努力和代价已经够多的了；为了笑，我们还要不断地凝聚智慧和力量。毕竟，几个人的笑不一定重要，一个民族的笑才是最重要的。让我们来回顾一下近百年来中华民族几次难得的笑吧：抗日战争胜利、新中国成立、志愿军凯旋、"两弹"试验成功、"四人帮"被粉碎、香港回归、申奥成功……

微笑收笔，愿君一笑。

噪音让我逃离

是你，让我想逃离这个地方。

这个地方是我心中少有的净土，却突然被你这汹汹而来的潮水所淹没。原本，我在梦中游荡得如鱼得水、似鸟飞翔。那轻灵的薄雾，在夜风逍遥的晚上，已为我铺好了夏日里的凉床。我入睡了，我入了我本该入的也属于我的那放松身心的地方。那地方是不染尘埃不带一丝杂质的地方，可你还是把我吵醒，让我无法安于本该属于我漫步的梦乡。

你这潮水不清澈不温情，很粗暴也很野蛮，就这样从四面八方向我这块净土涌来。在我不知所措的时候，你早已在我的脚下、在我的身边、在我的上空开始肆意流淌。你来得很虚伪，你有各色漂亮的说辞、虚伪的理由和你那披着的很华丽的外装。你如针刺如刀割如砸夯，你在撕在扯在摇晃。你不会在闷热的季节里送给我什么清凉，也绝非为我献上天明时分供我腾飞的翅膀。你只有一个目的、一个理由，那就是霸占，霸占我的自然、我的轻松还有我的花香。你很无耻，你很张狂，你涌动着、蔓延着，不停地挤占我本就小得可怜的私人空间，以及我狭窄的温床。

对你这潮水，起初我还以为是那遥远的大海在向我邀约，在向我挥动友好的臂膀。可我错了，我错得很可怜，很无奈，也很慌张。我就这样无助地站在潮水中，不知是向流星已散的暗夜求助，还是向持久未至的晨曦眺望。我该如何面对自己疲惫不堪的身躯，我又该如何面对你这一阵强似一阵的恶浪？

是你，让我选择逃离这个地方。

我回忆这个地方，这个渐行渐远的净土，以及最后一次定格净土的时光。这个地方曾经严守一种法则，遵循一种和谐的规章。它秩序如歌，它舒缓悠扬，它是敞开胸襟洋溢笑意的地方。它没有杂沓，没有混沌，没有沉重，方方正正，落落大方。在它的上空风儿轻，鸟儿飞，云儿飘；在它的脚下，是跳跃的音符，是流淌的乐章。它让月光流连忘返，它让雨露情意绵长。

你这滚滚而来的潮水，压抑着我愤懑的胸膛。我想大声疾呼，又怕引来雷鸣电闪以及更多的迷茫。你有恃无恐的汹汹气焰，让我无所适从，让我无处躲藏。你把这个地方弄得面目全非，给这个地方留下太多的荒唐。空气不再新鲜，水不再清凉，光也不再善良。它们失去了那些应该有的原生态，却滋生出很多不该有的假模样。不容我盘点那些记忆的残片，这个地方就有了粉尘，就有了雾霾，就有了嚣张。我不敢再躺在床上，不敢再像从前轻松地闭上眼睛让思绪自由流淌。我怕空气被凝固，我怕夜空不再有星光。这不是我杞人忧天，也不是我过度担忧大自然改变了行走的方向。我是该坐起来还是该站立或是卧和躺？如果你这潮水让我改变什么，不如与我联系一下商量商量？你为何不请自来，为何来了就让我如此不安没了主张？我已经承受不起过重的喧嚣、过重的跌宕。你这汹汹的潮水，你从哪里来？你得意的面目，就是你狰狞的影像。我该如何面对你，我该如何选择自己生存的空间自己居住的地方？

是你，让我被迫逃离这个地方。

这个地方已不再是我的避风港。你大浪起伏，把所有的宁静湮没在突降的喧嚣中，不留一丝一毫的余地，不留一方一圆的坦荡。在你这汹涌的敲击中，我心在抽搐、在疼痛、在发慌。在被你狠命地围追堵截中，我就像腹背受敌的羔羊，前面有虎豹后面有豺狼。我已经被你挥舞的那根无形的绳索残酷地捆绑，又被你用力抛到了灼烫的沙滩上，直到让我昏厥，让我死亡。

我恬静和美的家园已被摧残，没了雨飞雪舞，不见了莺飞草长，只被你冲击得支离破碎满目萧瑟一片沧桑。我是多么的无辜，我又是多么的悲伤，我伤痕累累，你捆绑我的噩梦过于恐怖也过于漫长。我可以放弃所有的虚华以及由虚华所带来的浮荡，但我舍不得放弃这生命的家园生命的账房。也许，这个家园不够美不够阔，但它的确是我休养生息的地方。可如今，这家园已被你侵占，连夜空上的星辰也暗淡无光。到处是撕裂夜空的雷鸣，到处是倾覆山川的震荡。你如烟似火，在烧烤我脆弱的神经；你这片葱郁的田野，被杂草发疯般地替换与扩张。在惨淡与惶惑中，我疲惫的身躯苟延在破碎的家园，早已没了生机没了希望。我喘息着，我的身躯在嘈杂中忍受着高压与煎熬，我的生命在惊扰中忍受着侵袭与冲撞。我眼里在闪动着无助的泪光，努力向记忆中的美好张望，可美好的已飘向了远方。我怒视着你这汹汹的潮水，我不知道你此时此刻，能否清楚我心里所承受的巨大压力和濒临垮塌的堤防，能否知道我愤怒的心声还有心声中隐含的绝望。

是你，让我开始逃离这个地方。

我无法让你逃离，你这该死的噪音。我只能选择退让，逃离这个地方。我无法与你周旋，因为你很肮脏。为了不让你玷污我，我只能打起行囊，开始逃离曾经的美丽，开始逃离你这罪恶的魔掌，去进行我躯体上的漂泊、我精神上的流浪。

中国人的番号

抗战胜利七十周年，我一口气看完了一部三十四集的电视连续剧《永不磨灭的番号》。

打小，自己就有喜欢看抗战电影的经历。《地雷战》《地道战》《冲破黎明前的黑暗》《小兵张嘎》《铁道游击队》……这些耳熟能详的经典作品，在一个时期乃至几个年代里，鼓舞和激励着像我一样的无数激情澎湃的草根。为什么能有这样的效果，不仅是影片拍得好，更主要的是这些影片能让每一名草根知道，我们是中国人，是中华民族的子孙。近几年，影视剧题材广泛，令人眼花缭乱。花里胡哨、庸俗不堪者比比皆是。单一的商业价值取向，决定了其让人看后如过眼云烟，甚至大惑不解，徒增几分迷茫。除了屈指可数的如《亮剑》等少数几部影视剧令人称道外，几乎再没有让人提起精神一气看完的了。炎炎夏日里，《永不磨灭的番号》恰似一阵清凉之风，自搜狐视频中徐徐吹来，吹得人精神为之一振。起初，我还是带着一种挑剔的目光看了第一集。可这么一看，就被它深深吸引住了。这种感觉，除了自己小时候看那些经典影片外，近些年也就是《亮剑》能比得上了。

真正的英雄起源于草根，真正的历史也是由草根们写就的。一群普通得不能再普通的草根，用热血和生命诠释着一种赤诚。这是什么，这就是中华民族的精气神。《永不磨灭的番号》讲述了一支没有正规建制番号的抗日武装，为赢得一个八路军正规部队番号而奋勇杀日寇，直至流干最后一滴血的悲壮故事。剧中，李大本事、陈峰、孙成海、丁大算盘等一群有血有肉的爷们儿以及赛貂蝉、小北平、大门子等几位柔情似水却又坚强不屈的巾帼英雄，在冀中抗战大舞台上书写了可歌可泣的草根乐章。剧作中人物语言诙谐却不失朴实，故事情节感人又值得信服。从每集上看，成功之处则不胜枚举。在最后一集中，李大本事有这样一句经典台词："其实大伙儿生下来就有番号，天生的番号，中国人。中华民族是咱的番号，中国人是咱的番号。有了这个番号，咱走到哪儿都腰杆子硬。背后有靠山，干啥都不怕。"一个番号是一个目标；一个番号是一种奋争。为了一个番号，草根英雄们舍生忘死，前仆后继，最终成就了中华民族不朽的精神。可以说，《永不磨灭的番号》场面不大，气势也不够壮观，可它通篇都是草根群体所上演的不凡之举。不要小瞧草根英雄，草根英雄是民族精神的缩影。正是有了无数草根英雄，才使我们中华民族没有被外敌摧残和击垮。番号只是一个名义，而中华民族精神，才是光耀千秋的称谓。

中华民族真的是永远不灭的番号。这个番号有着英勇不屈、众志成城抵御外辱的光辉历史。近代抗战历史上下只是十四年，而就是这十四年，中华民族付出了巨大的牺牲。中华大地饱经日本侵略者的肆意践踏。国仇不比珠穆朗玛峰低，家恨不比太平洋浅。血海深仇，岂敢淡忘？真的，我们什么都可以淡忘，唯独抗战历史不可忘却。一旦忘了，悲剧就可能重演。不要说我是杞人忧天，也不要心怀侥幸。侵略行为的背后，总是有着已成定式的侵略思想。不管它的方式怎样改变，其本性是不变的，其野心是不改的。杀你同胞，夺你财产和资源只是一种表现，亡你国家，亡你民族，占你土地才是最终目的。这个目的，以前有过，至今依旧存在，今后也可能不会放下。比如，钓鱼岛上隐匿不退的旋涡；再比如，继续千方百计地粉饰侵华战争以图麻痹所有中国人民的神经……可以说，正是由于日本侵略者曾经对中国人民的残害，对中华大地的侵略，才导致了自抗战之初，中国的民族主义思想迅速产生，并且以此打败了日本侵略者，挽救了整个中华民族。可以说，一个民族主义崛起的国家绝离不开这种精神。中华民族是每一名中国草根共有的番号。这个番号，应该成为永不熄灭的星火。在这个星球上，只有狼才惧怕星火，只有狼才惧怕这种番号。

　　不容忽视的是，如今，番号意识离一些人渐行渐远。繁杂与喧嚣正在腐蚀着一些草根的锐气、麻醉着一些草根的神经。不经意之间，谈精神谈追求的人越来越少了。如果哪位草根朋友大庭广众下激昂地畅谈一下民族理想，那么，很容易会招致一种不屑，甚至是一种嘲讽。记得前几年在《亮剑》热播时，居然有人对其妄加贬评横加指责，甚至质疑《亮剑》所展现的民族气节，称《亮剑》所反映的是一种狭隘的民族精神。试问，在世界上，在人类历史上，哪个国家的民族精神是没有国界，是在国家和人民利益之外？李大本事、陈峰们为了抗击狼的伤害已经光荣牺牲。作为他们的后代，我们这些新草根们又该做何努力才能告慰他们呢？"别人不拿咱当回事，咱得把自己放到台面儿上去"，这是《永不磨灭的番号》中的一句经典台词。细细品来，李大本事和陈峰们所追求的，恰恰是我们今天所缺少的那种锐气和精神。在嘈杂的现实中，为了一种生活方式，或者是为了改变一种生活方式，我们这些草根活得并不轻松。不要因为职业不同，就忘记我们的草根身份，就忘记曾经的草根们的浴血奋战和不懈抗争。谁淡忘了那段草根抗战史，谁就不是真正的中华子孙。话说回来，今天，我们这些草根们虽然没有当初李大本事、孙成海、陈峰他们代表的八路军、九路军和国军的抗战经历，但是，他们特有的勇气和精神，我们身上一样也不会少、不能少，也不敢少。

人的肉体不长在，只有精神才可永恒。《永不磨灭的番号》值得我们暂时放下各种凡尘琐事以及疲惫的身心，静静地去欣赏和体味。在《永不磨灭的番号》中，我们这些草根们除了该好好地体会一下"一帮真正爷们的精神、真正中国人的精神"外，也该像李大本事和陈峰们那样，为赢得新的番号雄起一回了。

第八辑　藏书为惰

高考之前

儿子要高考了。

学校第三次模拟考试结束后，儿子有些蔫儿。我边打量儿子边询问他考得咋样。他耷拉着个大脑袋，坐在书桌前拒不回答。我太了解他了，这小子向来是报喜不报忧。考好了，就眉开眼笑；考砸了，就像霜打了似的。模拟考试不比平时月考，这是高考前的大检验。我说，分应该下来了，你总要把分告诉爸妈啊。他一听却急了，说你们不是能从老师那里打听到吗，干吗还要问我啊。我正欲发作，妻子急忙过来打圆场，说孩子学得很累，考好考不好，都不要再去想了，好好调节一下，准备迎接高考吧。随即使眼色，示意我不要再问了。我压着火儿，走出儿子的房间。三模没考好，居然还能沉得住气，居然还理直气壮，孺子可恶也。

说实话，面对高考，我比儿子着急，比儿子紧张。毕竟，高考依旧是当前的大考。母亲在世时说过，儿孙自有儿孙福。一辈子干什么，吃哪碗饭，老天都注定了。可如今一家就这么一个孩子，谁不是望子成龙啊。我和妻子经常说起我们上学的时候，学习如何如何努力。那时候，谁也没逼我们学习，我们的家长也没像我们现在这样累心。我们的家长观点基本相似：学好了，家里就是砸锅卖铁也供你上；若是学不好考不上大学，那你就赶紧找份工作上班挣钱就是了。真的，那时候，家长比我们现在淡定许多。当然，彼时的高考绝非此时的高考。那时候，高考的意义比现在鲜明。考上的是极少数者，考上了就拿铁饭碗；考不上的是大多数，考不上了也未必就是泥饭碗。所以，那时候的父母们思想压力都不大。如今呢，任你再淡定再无所谓，也不可能轻轻松松不去操心。想效仿我们的父母那样面对如今这独生子女们的高考，根本做不到。说不管说不操心，其实心里都急着呢。

没错，"一考定终身"的时代早已一去不返了。可是，当下这高考依旧是决定命运走向的关键环节。在相对公平的环境下，它毕竟能考出一个人的学业水平来，也是对十多年寒窗之苦的一次综合检验。当然，如今的高考，考的不仅是儿子，考的也是家长。至少，不菲的学费就是一大关口。儿子就曾戏言过："天将降大学于斯人也，必先忧其父母，忙其老师，考其本人。"可见这小子也深谙如今高考的道理。妻子从儿子房间出来，见我坐在客厅里闷闷不乐，就叹了一口气，把我拽回卧室："你这样何苦呢，大不了，就让他上个三本吧。有的大学三本专业也不错，就业渠道……""三本毕竟是三本，再说，三本的学费多贵啊，可选的专业也有限。"我打断了妻子的话。妻子摇摇头说："一家就这么一个孩子，总不能考不上一、二本，就不上大学吧？"我有些烦乱，索性闭上眼睛不再说话。正昏昏然，母亲走了进来。好长时间没见到母亲了，她老人家依旧是那样慈祥。母亲坐到我的床边，怜爱的目光中似乎带有一种责怪。我知道母亲不希望我把儿子管得太严，可是不严管这小子怎么能成器呢。我向母亲诉苦："您这个大孙子学习不认真、不踏实，我生气啊。"母亲笑了："我这个大孙子咋了，我这个大孙子已经不错了，起码他不招灾不惹祸。你就别不知足，别再硬管了。硬管也不是个法儿，你累他不更累呀？"我委屈得险些流出眼泪，还想说什么，母亲却一闪身不见了。我一着急，醒了。原来是一场梦。

我索性不再搭理儿子。儿子却依旧是不紧不慢，依旧是该吃吃该喝喝，啥也不耽误。只是，儿子每天上完晚自习回来时，学得比以前认真了许多，连关灯时间也比以前延了二十多分钟。今天中午，他妈妈给他煮了最爱吃的三鲜馅饺子，他却说吃不下，嗓子发炎了。这小子从小就这毛病，要是遇到着急上火的事情，嗓子立马就发炎，屡试不爽。原来，孺子还是知道着急知道上火的啊。早干啥去了？早要是哈下腰学习，也不至于今天嗓子发炎哪！妻子确实有耐心，连哄带劝，硬是让儿子吃下十多个饺子。我装作不经意的样子，打量了一下儿子。他眉头紧锁，一脸疲倦。唉，这小子确实也够累的。赶上当今的这个"一考刚开始，多考在身后"的时代，已经够不容易的了。要说压力，他不比我们那时候小。想想儿子的身心健康，再想想高考，什么事更重要？不错，高考或许能改变一个人命运，但要把这个高考看得过重，也无疑使高考成了自己的一种赌博。从容面对，认真把握，或许能使我和儿子在高考面前都获得较高的分值。毕竟，真正意义的高考，是整个人生。想到这里，我豁然站起身走进儿子房间，平和而又坚定地对儿子说道："能复习什么程度就复习什么程度吧。只要你尽力了，只要你不给自己留遗憾就行了。"说完，我走出了儿子的房间。

我坐在客厅的沙发上点燃了一支烟。这时，儿子把大脑袋探出房间来说道："爸，我会尽力的。""好，高考时，爸爸去考场外给你助威。"说完这句话后，我感到自己和儿子都一下子轻松了许多。

"讨价还价"

儿子上大学，奖励不可少。

网上录取通知一出来，儿子就显得格外兴奋。我和妻子正沉浸在他能考上省重点大学的喜悦之中时，他却跑到自己的房间关上门不知在鼓捣什么。我说："这小子还真能沉住气啊。"妻子说："你不是说过儿子若考上省重点大学，就给儿子奖励吗？"我刚想说什么，儿子却从他房间里笑嘻嘻地走到我跟前，递上一张纸来。我接过来一看，原来是一份奖励兑现"清单"。

"清单"上列举的奖励项目不算多，主要是苹果手机一部、联想笔记本一台以及时尚手表等。学生手表再贵估计有几百元也就差不多了，可前两项……我额头显然冒出汗来。儿子见我犹豫起来，就连忙说："爸，你可别反悔。这可是你答应过的，说话得算数。"我说："我答应给你买一部手机没错，也答应给你买笔记本，可没说什么时候买、买什么牌子、什么价格啊。"儿子肯定地说："说过，就说过。不信你问我妈。"妻子说："孩子考上大学了，多不容易啊。就紧紧手兑现了吧。"我说："你说得可真轻巧，这得紧几次手啊。"

一部苹果手机五千多，一台联想电脑五千多。仅这两样加起来，就得上万元。实事求是地讲，我是曾经跟儿子说过，只要能考上省重点大学就奖励手机和电脑笔记本来着。俗话说，重赏之下必有勇夫。可我承诺的重赏也仅是出于激励儿子的一种不得已的策略啊。真要是兑现，这个，我还真没仔细想过是否可行。话说回来，谁想食言啊，只要是正当的，再紧张，也得去投入不是？可儿子这次要的哪里是奖励，分明是他搞娱乐的"超级武器"。一旦给他配备上这两大"超级武器"，不影响学习才怪呢。唉，花钱事小，影响学习事大啊。我对儿子说："答应你的肯定办，具体怎么办，你容我想想，别急。"

儿子见朝思暮想的奖励要泡汤，就不高兴起来。这小子就这个性格，像我，遇事有些性急。急就急，不予理睬就是了。我跟他说："咱上大学，不是比手机和笔记本去了。手机主要是短信和通话，有了这两样功能，就是好手机。功能多了，花里胡哨的也不实用。"儿子锁起眉头噘着嘴不吭声。我接着说："至于笔记本嘛，这个，这个，咱们多买些酷点儿的活页夹用着就够了。大学寝室不比家里，有单独的房间，那可是八人一间狭窄的宿舍啊。你弄笔记本电脑也不方便啊，要是不小心弄坏了，多可惜。现在国家都提倡理性消费。理性消费理性消费，就是让我们在消费时多一分理性。又是手机，又是笔记本，除了白搭钱以外，整个就是一种盲目消费嘛。"儿子有些情绪："我有笔记本了，我可以更好地学。我可以写论文，可以整理文档，可以上网查资料……"我连忙打断他："得得得，还上网查资料，你还不如直接说上网得了。不行。"小子想法不少啊，居然惦记着用笔记本上网。哪有这样的好事？我拒绝得十分干脆。

看来再也不能像对儿子三岁时那样轻易作何许诺了。儿子要还是三岁，我可以答应给他摘星星摘月亮。即便他信以为真，整天像跟屁虫似的跟你嚷嚷要星星要月亮，都不属于什么烦心事儿。而现在不同了，儿子现在可是十八岁了。对十八岁的人，就要讲信用，讲兑现，讲一诺千金。可这些，都是要付出一定代价的。我倒不是后悔当初的承诺，我就是纳闷这小子在这一点上咋这么较真儿咋这么执着？这股劲儿要是用在学习上何止考个省重点大学，我看连国家重点大学都能考上。可真要不买，这小子肯定要闹情绪，闹情绪肯定要影响学习，得不偿失啊。买还是不买，我纠结了好几天。

等录取通知书这个阶段显得有些漫长。当然，已经知道录取结果了，只是等一张纸罢了，倒也没什么思想压力。儿子这个阶段学吉他、练钢笔字，安排得似乎很紧凑。但我总感觉到他已满腹怨言。见儿子在客厅里看电视，我故作深有感触："这台电视买八年多了，太陈旧了。现在很多人家都是超薄的，可以挂在墙壁上，又时髦又清晰，还能看 3D 大片，多好。"儿子果然中计，说："那就换一台新款的呗。"我说："你又要苹果手机，又要笔记本电脑，哪有钱再买电视啊。"儿子若有所思。我趁热打铁，把换电视的好处说了个够儿。最后，我说："苹果手机和联想笔记本只能是你一个人用，而电视呢，是咱们全家用。等你放假回家，我再给你从电脑上下载几部大片，连在电视上安安稳稳地一看，多惬意啊。"儿子显然被我说得动了心，狠了狠心终于说道："那，就不要笔记本了，换台电视吧。"我笑了，心中却有种酸酸的感觉。

电视买回来了，是时下功能最全的海信 4K 电视。电视前，儿子看得津津有味。我挨着他坐下来，装得漫不经心地说："那个苹果手机好是好，可万一，我说的是万一啊，万一不小心不注意不……"儿子警觉地打断我："我有那么多的'不'吗？"我说："那款手机，其实并不实用。咱们平时说爱国爱国的，既然爱国了，就得买国货，对吧。国产手机功能并不差，价格也合理。咱们把省下的钱用在其他方面，何乐而不为？"儿子倔强地说："不买更好。"我说："看看，走极端了不是。要消费也不能跟风消费吧。买是前提，关键要买对的，不是买贵的。"儿子有些情绪：“你的对就是省钱，巴不得我继续使用那个旧手机呢。”我说：“那就再议吧。”

没几天，儿子有些沉不住气了：“爸，我看中了一款手机，国产的，才两千七百多元。”“才两千七百多元……”我又出汗了。说心里话，这个价比那个苹果手机便宜了近一半，儿子能让这一步确实不容易了。我故作深思地说：“上网、发短信再加上拨打电话，一个月下来，手机费用也不少吧？”儿子说：“那是当然，至少也得五十元。”我说：“要是每个月能免费使用手机，那该是什么样的心情呢？”儿子说：“那是当……”我想，他肯定想说“那是当然”或者说“那是当然好”，可这小子说了一半，就反应过味儿来。“爸，你该不是让我去买移动公司电信公司的促销手机吧？”“促销的手机有啥不好的？很多都是国产名牌，质量不错，价格也不高。你花上个千八百的，人家就能送二十四个月的话费，多划算。”我终于说出了自己的真实用意。“你就知道和我讨价还价。我不买了还不成吗？”儿子气哼哼地转身就走。我说：“那就再议吧。”

再议再议，我不主动去议，看你还有啥办法。儿子闹了几天情绪，最终妥协了：“爸，那就买一部联想手机吧。”我问：“多少钱？”儿子说：“也就两千一百多元。”“两千一百多元，似乎还有点儿贵……”我还想说什么，妻子实在看不下去了：“别再讨价还价了，给儿子买了吧。”我说：“咱们俩的手机加起来也没有两千多元，这小子一张嘴就是两千一百多元，这是不是有点儿太奢侈了？”妻子说：“现在的孩子讲时髦，都喜欢用品牌手机。你让儿子怎么能安稳地节俭呢？”也是，如今要想节俭还真不容易。一种消费习惯或说潮流，有着无形的动力，让人经常身不由己。同有些孩子相比，儿子已经不错了。他的很多同学早就用上了名牌手机，而他却从没和我提过换手机。想到这里，我果断地说：“那就买吧。”儿子如释重负。我接着说：“买归买，可我得陪你一起去买，也好帮你讲讲价。”

“啊！咋还讨价还价呀？”妻子和儿子不约而同地喊了起来。

给儿子订车票

　　要放暑假了，儿子来电话说已经订了回家的火车票。我问，是不是卧铺，他说卧铺不好订，订的是硬座。我说，那怎么行，至少晚上这张票应该是卧铺票才好，要不，白天坐火车，晚上还要坐火车，多遭罪啊。

　　儿子要回家，火车不是直达，需要在哈尔滨中转。从儿子大学所在地到哈尔滨，白天的火车，需要六个多小时，待到哈尔滨后已是下午五点多钟，需再候一个多小时，才可乘坐回家的火车。而这趟车，虽然是"K"字打头，却也要坐一宿方能到家。儿子打小跟我南来北往，没少坐火车。只要是超过六个小时的行程，买的都是卧铺票，买不到就想办法买，多花点儿钱也要弄到票。穷家富路，休息不好就没有安全保证。在这一点上，我态度很坚决。二〇一二年，儿子上大学后，来回都要从哈尔滨转车，往返一次近二十个小时，很不方便。每次开学，我都千方百计帮儿子订一张到哈尔滨的卧铺，实在订不到，就干脆多花些钱买张软卧车票。我们这里虽然偏远，但是在外上高校读大学的学生不少。所以，放假时往里来和开学时往外走的卧铺票就十分紧张，可谓一票难求。

这次，儿子生怕给我添麻烦，提前就订了回程的火车票。我电话里问，你那里订不到卧铺票吗？儿子说年轻轻的坐卧铺不好，也浪费钱。这小子啥时候学得这样节俭了？在我和妻子的影响下，儿子从小就不乱花钱。有时候，他出去买东西也像我们一样多走几家，进行反复对比，讨价还价。去年，儿子买了一款手机，用了一段时间感觉不太满意，没有丢弃一边，而是在网上转了出去，虽然赔了几百元，但总算没赔太多。儿子平时也很节俭，每个月给他的生活费花得很仔细。这一点，我和他妈妈都比较满意。

　　儿子大了，吃点儿苦遭点儿罪算不得什么，再说，这对他也是一种锻炼。可白天坐火车还好说，这晚上还要坐一宿，却有些说不过去。普通车厢人挤人人挨人，大热天的，空调设施也不好，儿子携包带裹，既不方便也不安全。自己越想心里越不踏实，在床上翻来覆去睡不着觉。第二天一大早，我就给哈尔滨的一个朋友打电话。这个朋友办了一个订票点，经营火车票订购业务，很擅长在网上抢票。朋友一听是订哈尔滨开往我们这儿的车票，而且是第二天晚上的，就有点犯难。他说，现在是旅游旺期，去你们那儿的票很紧俏，不大好抢，但你儿子的这张票我一定尽力。我说，那就谢谢你了，等下次去哈尔滨我请你吃烧烤。朋友乐了，说能得到作家哥们儿的邀请，实属荣幸那个之至。我说，别瞎转了，要是订不到，你得请我。

　　嘱咐完朋友后，我给儿子打电话。儿子一听我给他订卧铺，就一个劲儿地说不用不用。我说，你没钱了？他说，还有呢。我说，那就成，等这边一订到票，我马上给你打电话，你明天到哈尔滨后就马上打的取票，别耽误了。儿子勉强答应着。妻子跟我说，儿子是舍不得花钱，人家卡里就剩下那么点儿钱了，你非要给买卧铺票，能不心疼？我说，要是他白天没坐那么长的火车也就算了，可还要再遭一宿的罪，你不心疼我还心疼呢。妻子笑了："看你说的，要说心疼，我比你还心疼。"

当天下午，我给朋友打电话。朋友说，你得把身份证号码给我发过来。我说，咋不早说。于是，连忙满心欢喜地把儿子的身份证号码发给了朋友。第二天上午九点多，朋友急切地给我打来电话说，订票系统显示这个身份证号已经购买了一张票，怎么回事？我连忙说，没事没事，那是我儿子在网上订的硬座票。他说，你咋不早说。我刚想说你小子居然学我说话了，朋友就把电话挂了。我这个急，怕朋友有想法，就又把电话打了回去。朋友说，刚才有一张硬卧，一抢却显示你儿子已经订票了，我就没敢抢，等想抢时那张票已经没了。我急问，那咋办？咋办？凉拌呗，朋友说。我有些沮丧。朋友在电话那端安慰道，实在不行，我再看看哈东站发的。哈东站那趟车只比刚才准备抢的那列车晚发车不到一个小时，是开往我们这里的第二趟"K"字头列车。如果再抢不到这趟车的票，那只有等第二天再抢了。让儿子在哈尔滨待上一天去等票，不仅儿子不会同意，我也感觉不妥。朋友听出了我的急切，安慰道，没事的，一定能抢到，别着急。我心想，着急也没用了，实在不行啊，儿子你就坐硬座吧，爸已经尽力了。

下午四点多，朋友终于帮我抢到了票，而且还是下铺。这给我乐的，要是朋友在跟前非要上去拥抱一下。此时，距儿子在哈尔滨下车不到一个小时。我给儿子挂电话，儿子在嘈杂的车厢里接听，声音断断续续。我大声告诉儿子，一下车就打的去取票，多给人家点儿钱，凑个整。儿子不习惯在哈东站上车，满嘴不情愿。我又急又气，人家花了近两天时间费心巴力地给你抢到的，你却不取，那人家订的票咋办？说这话时，我的血压有些高。担心儿子不熟悉线路，我又用手机给儿子发了一大段信息，什么取票的步骤了、路线了、要注意的事项了，等等。又猛然想到儿子心疼花钱，我又写了一条短信：卧铺票钱老爸给你报了。果然，儿子很快给我回了短信：知道了，老爸辛苦啦。

十八时十三分，儿子给我发短信，说票已经取到了。看一下表，离开车还剩一个多小时，时间有些紧。我连忙给儿子挂电话，让儿子就近坐地铁去哈东站，一到哈东站，就抓紧排队候车，待上火车后再吃饭。儿子说，你朋友也是这样嘱咐的。我心想，这朋友还真够意思。十九时二十五分，儿子给我挂电话，说已上车，八车厢九号下铺，车厢很凉快，请我放心。我如释重负，长吁了一口气。儿子啊，给你订卧铺票，不是鼓励你贪图安逸，也不是教你追求什么排场和派头，你可要理解你老爸给你订票的苦衷和用意啊。

那天晚上，我睡得很踏实。我想，儿子在卧铺上也一定睡得很香。

为书哭泣

爱读书，使我天生就爱买书。上技校后，每月有了十八元八角的助学金，除了交家十元钱外，剩下的就是给自己买书。

那时候，一本装帧精良的好书还不到一元钱。改革开放后，图书市场逐渐繁荣，一些名人名著开始如雨后春笋般涌到了大大小小的柜台上。学校在县城边儿上，离家很近，却离县城里的新华书店较远。每到星期天，我就借辆自行车到新华书店买书。有一段时间，我就爱读鲁迅的书。只要书店有鲁迅的，我一定要买下来。看完了就再去书店寻找，要是有他的新书就当即买下；要是没来，就退而求其次买本其他作家的作品看，反正不能空手而归。可这样也不解渴啊，学校没有图书馆，那间阅览室只有枯燥的报纸和正襟危坐的理论期刊。班主任知道我爱读书，就建议我去县城图书馆借阅。我连忙在学校开了张证明，跑到县图书馆办了一张借阅证，这才暂时满足了读书的欲望。

"书非借不能读也"，我对这话算是理解到家了。图书馆规定，一张借书证只能借一本，而且要一周内还书。时间没问题，可还是感觉不过瘾。我看书喜欢一鼓作气，绝不拖泥带水。记得有一部小说叫《福尔摩斯探案集》，上下册共两本，放在一起很厚。可自己两天就看完了。学校离图书馆足足有八里多，一周去一次就不错了。每周一本的读书量已难以满足自己的阅读量，怎么办？俗话说，办法总比困难多。几天后，我最终以同学的名义又办了一张借阅证。当然，办理借阅证的费用是我自己花的。两张借阅证，加上时不时地买几本新书，总算满足了我的阅读需求。这样下来，当走上工作岗位时，我已经读了不少名人名著，也买了不下百余册图书。

在林场中学当语文教师时，从课外书获得的知识发挥了作用。每每讲鲁迅先生的《三味书屋》《社戏》《故乡》《孔乙己》等课文时，自己总会眉飞色舞滔滔不绝，班级的语文成绩也一直很优异。胸中有，才能为讲解提供源泉。我不赞同"茶壶煮饺子倒不出来"的说法。茶壶里真要是有饺子，不需要倒，拿筷子从口里往外夹就是了。在从教的两年多时间里，自己一面当老师一面当学生，通过阅读，硬是把汉语言专业的课程全部学了下来，这也为自己的文学创作奠定了基础。

在县里办文学社，经常要举办一些创作评奖活动。但每次买奖品时，我都极力主张买书。这不仅是因为新华书店里的图书明码实价好报账，更主要的是用书做奖品，可以激励大家更加热爱书、爱读书、读好书。什么文学类的、什么社会类的，反正都是有意义有价值的。那几年，自己因为创作，也得到了几本钟爱的奖品。记得有一本由三秦出版社出版的《中国文学词典》（古代卷），买的时候最贵，一本十二元。文学社一共买了十二本。我主张给大家做前三等奖的奖品。可发奖后，一位获奖的文友不想要，找我商量能否换一套床单之类。我想都没想就答应了，自己花钱买了一套床单给他，又给他补了两元差价。而这套书，自己则坦然地留了下来。母亲知道后开始磨叨："你喜欢书，就以为人家也喜欢？""书架上那么多书，还能当饭吃？"我哭笑不得，书依旧是照买不误。

　　一九九一年，县城遭遇罕见大水。我家住一楼，大水入室不可阻挡。至今想起这事，我都懊悔不已。其实，在水来之前，已经接到通知，让一楼住户将财产转移。可因自己心存侥幸过于乐观，只将家里的贵重财物和书籍摆放到家具上面。这就埋下了苦果。大水后，我慌忙跑回家，一看就傻了。家具早已倒下，所有财物包括自己那积攒了近八年的百十来册图书都浸泡在水中，很无辜也很无助。母亲边打捞财物边埋怨我，我呢，则噘着嘴哭丧着脸从水中往外捞书。书晾到了仓房顶上，随着阳光的暴晒，都成了板砖，很难再一页页自如翻看。母亲见我在发呆，就大声训斥道："真是没正事儿，一天到晚就知道书，这回看你还买不买书了！"我这个委屈啊，想争辩不敢，想诉苦又没人理解。情急之下，一屁股坐到仓房顶上大哭起来。

　　母亲又喊："都二十多岁的大小伙子了，为了书还哭上了，有啥出息？"我真的没啥出息，我心里就知道书。

藏书为惰

我有几年没去新华书店买书了。

家里的书架上摆满了我看过的和没来得及看的书，当然，工具书占了一定比重。这个不是看的，是供我查阅的。最老的那本，是一九八二年父亲给买的由商务印书馆出版的一九七八年版本、一九八二年五月北京第三十六次印刷的《现代汉语词典》。这是父亲除了小人书以外，给我买的唯一一本"有用的书"。一九九一年县城发大水，这本词典因躲在办公楼上，才幸免于难。《现代汉语词典》跟着我南来北往，立下汗马功劳。从开始的一身新装，到后期加上保护皮，再从保护皮到原封皮，三十多年，它就这样无怨无悔地陪伴着我，让我爱不释手，让我如虎添翼。

儿子很识货："老爸，您这本词典很有价值，送给我吧。"我忍痛割爱，将这本书送给了他。他上高中那几年住校，很多书搬来搬去，有的搬着搬着就搬丢了，但这本书他却保存完好。我很为儿子的细心而欣慰，我知道，他不仅喜欢这本词典，更喜欢一种接续，一种传承。写这篇文章时，我从儿子的卧室里又找出了这本面露沧桑却睿智不减的词典。小心翻看后，我正要合上它，却发现儿子在它的扉页上写了这样一句话："翻烂它之日就是成功之时。"这小子，真以为考上大学了，就成功了。儿子，真正成功的路还远着呢。要不，古人不白说了那句"吾生也有涯，而知也无涯"了吗？我小心地把词典放回书架上，心中生起一股热切的希望。我希望儿子真正领悟学习的意义，更希望他真正解读好成功的深远内涵。

祖父在世的最后一年。他边爱怜地抚摸着我那些并不多也不算厚重的书，边不无期待地说："好好念书吧，以后兴许也能写本书出来。"祖父认识一些字，也颇崇拜读书人。所以，他节衣缩食，把父亲培养成为一名公办教师。祖父崇尚读书，他希望后世子孙能成为读书的人，有用的人，他老人家现在可以含笑九泉了。因阅读，我创作；因创作，我于一九九九年和二〇〇四年先后问世了三本不算厚重的书。这三本书，有两本是诗集，一本是散文集。质量不算高，但凝聚了我二〇〇四年以前的主要创作成果。我知道，创作是一条漫长曲折的路，容不得一丝一毫的满足，更容不得停滞不前。只有不断汲取力量，不断感悟人生，才能创作出深受读者喜爱且耐读的优秀作品。我把自己这三本书放在书架上最显眼的地方，经常翻看一下，一方面对它的得失进行总结，一方面用它来鞭策自己。我会出版新书的，但我一定要让自己出版的新书质量好一些、再好一些。

我没去新华书店买书的原因主要有两个：一是看书的时间越来越少，能安静地去读一本书越发显得不易；二是因为现在网购到的书比去新华书店买效果好，不仅选择性强，而且价格也优惠。当然，我只在当当网买。多年的感受，当当网卖的书质量还不错。每次邮购书，自己都精挑细选。买完后，就叮嘱单位的收发员帮着查收。以前，对莫言的作品看得不算多。当他获得诺贝尔文学奖后，自己也赶时髦网购了一套《莫言全集》。我不崇拜名人，但有一点我深信不疑，莫言和国内其他名家一样，作品的分量肯定很重，是值得花些时间好好读一读的。我也不迷信书本，真正的知识需要自己在人生的奋斗中不断地认知、感受和探索。二〇一二年春，我购买了一套王树增的《解放》，用了半个月时间，一鼓作气地把它看完。看完了，自己对解放战争气势恢宏的场景有了更加清晰的了解。这对自己业余时间研究中国现代史有了新的帮助。

买来的书也有漏网之鱼。一九九七年底，自己在武汉买了一套由李尔重创作的长篇巨著《新战争与和平》。前辈李尔重用扎实的创作功底，艺术地描绘和再现了中国人民从"九一八"到"八一五"的抗日斗争场景。整部著作十二本，总字数达五百多万字。因为这样或那样的原因，自己一直没来得及去看去读。儿子十岁那年，在和我讨论抗战期间的经典战役时，说得头头是道。有的，了解得比我还全面。我惊诧之余问他是怎么掌握到这么多知识时，这小子不无得意地告诉我，是家里这套《新战争与和平》。原来，儿子在放寒暑假时偷偷翻看了它。不认识的字，他就查字典，两个假期下来他居然全部看完了。我很吃惊，也很惭愧。儿子能看完，自己为什么就没去看？书真的就"非借不能读"吗？鲁迅先生说，时间像海绵里的水，只要愿意挤总还是有的。真就忙吗？真的就没有时间去多读书吗？各种理由都很苍白，也都站不住脚。其实，只有一种原因，那就是自己的惰性在作怪。

多年前，自己曾借出差时，买了一小块上好的石头刻了枚藏书章，回来后就急不可耐地往书柜里所有图书的扉页上盖。就是这一盖，改变了自己读书的心境和方式，也不知不觉地给自己的懒惰找了个冠冕堂皇的理由，那就是藏书。注意了藏书的形式，却忽视了藏书的实质意义。其实，书须读后才能藏，光藏还有啥价值呢。网络时代传统的阅读方式被改变了，电子书肆意横流，网上阅读似乎成了休闲消遣的时尚。那种手捧一本纸质书，郑重其事的阅读方式，似乎正渐行渐远。

我想好了，闲暇时还要继续到新华书店去转转，还要时不时地买上几本可读之书。可是，当下的新华书店还安好如初吗？

与书同行

一九九五年冬，我举家到湖北工作。所有身外之物，都打包从铁路运走，包括我的那些书。

这是一家国有企业，我去的时候，效益还不错。不说热火朝天，起码还有生机。企业当然是把我作为管理人才引进去的，让我担任厂长助理兼任办公室主任。企业派了一辆车，跑了三百多公里帮我从汉口火车站将北方发来的家私拖运回来。到企业宿舍后，早已等候在那里的员工们都热情地帮着我往屋里搬。厂长也去了，还一个劲儿地嘱咐大家要小心仔细轻些搬，别把贵重的财物弄坏了。当我把成箱成包的物品打开时，大家都愣住了。除了必需的生活用具和衣物外，哪里有什么贵重的东西，全是书啊。厂长感慨之余，拍着我的肩膀说："你真不愧是个读书人，这么远能搬来好多的书，我还真是头一次见到。"

爱读书好读书，为我在陌生的环境中安心工作安心生活提供了强大的精神支撑，也正因为如此，才奠定了我改变命运的力量基石。一九九六年，我先后顺利通过录干和公务员考试，最终成为一名国家公务员。看着书架上摆得满满的书，想着风风雨雨走过的路，自己不禁感慨万千。读万卷书行万里路，是书改变了我的命运，又是书，让我勇敢地从北方走到了三千多公里外的南方。记得当时曾跟妻子开玩笑说，若再多读一些书，自己还能走得更远些。

儿子三岁，我给他买了很多儿童读物。这小子随我，也喜欢看书。小小年纪，喜欢各种图画书，喜欢背诵唐诗宋词。在我和妻子的辅导下，这小子居然能将上万字的《新三字经》背得滚瓜烂熟。母亲在电话中有些生气："孩子这么小，你也忍心让他跟你似的挨累看书啊？"多年后，这小子一上初中就开始阅读大量的课外书籍，直看得影响了正常功课。我开始还半是鼓励半是默许，可后来一看不对劲儿了，就采取断然措施，发现一次没收一次。没收次数多了，我就气急败坏，只要发现他看的是小说类的图书，不管他怎么解释，就是一个撕。儿子上的大学，是汉语言专业。我看着他那录取通知书，不知是喜还是忧。我跟儿子说："不管你学什么专业，都要认真去学。另外，平时也要多去图书馆看看书，不可荒废了时间。"儿子说："老爸，您 out 了，现在很少有人再去看纸质书，都改在手机上阅读了。您哪，再也不用撕书了。"

我喜欢读书，不怕折腾，不怕劳累，更不怕花钱。为了买到一本好书，自己甚至从千里以外负重携带。一九九九年春，我回北方探亲在北京中转，正值北京地坛公园春季书市，我足足买了三十多册图书。因为书过重，来回倒车挨了不少累，别的东西都没敢买。有一段时间，我特喜欢读萧红的作品。这不仅因为她是我的老乡，更主要是她的作品清新自然、无任何粉饰。读萧红的书，整个心灵都像被洗涤了似的。在阅读萧红作品时，乡情如歌般缓缓流淌。我有萧红的几个单卷本，但都不全。二〇〇〇年春，在荆州市开会的闲暇之余，我不逛景点，却又情不自禁地逛到了新华书店。转着转着，我忽然发现了一套精装的《萧红全集》。很巧，这套书还是由冰心题写书名、哈尔滨出版社出版的。我这个兴奋

170

啊，如获至宝，毫不犹豫地掏出近百元钱把它买了下来。

在湖北工作的那段时间，自己经历了异乡诸多艰辛和多种不适，可每当烦闷之时，躺在床上捧来一本喜爱的书一读，自己就迅速沉浸到书中，所有的压力和烦恼都排解得烟消云散。可以说，这种阅读，不仅将异乡的生活点缀得恬静而充实，而且使自己在艰难的岁月中若风若雨不留一丝世俗杂尘；这种阅读，让我在异乡坚定信念痴心不改，不断生长出茂盛的希望；这种阅读，似故乡的雪花，在我梦中轻轻飞舞，拂去各种疲惫，获得一种圣洁，一种力量。

从南方调回北方时，对着满书架的图书我毫不迟疑。凡是未读完的、凡是有价值的，我都整齐地把它们装进箱子里，让它们安全地、舒服地陪我从南方回到北方。我知道，我舍不得它们，它们更舍不得我。我可以变卖我的家私，但绝不能丢弃我的这些书。

拍着一箱箱厚重的书，我不无自豪地说："伙计们，我们上路吧。"

有责任的冬天不会冷

　　我所居住的小区一共四栋楼，大约有两百多户人家。每年的取暖期我都很上火，跟供热质量上火。

　　小区十年前建成。起初，开发商还代行物业管理，可管着管着就弃管了，具体什么原因不得而知。没有物业管理，小区生活秩序照常运行，可一到冬天就出现了问题。卫生差、院内乱停车等问题就不提了，单单就是这个供热问题，就让我深感头疼。小区四栋楼一条供热管线，属于再正常不过了。开发商在建设时也给各户安装了供热分阀，可不到三年，一些人家的分阀就损坏的损坏、拆卸的拆卸。分阀平时显不出作用来，可一入冬，就突显其作用来。暖气一旦出现这样或那样的问题，就要关掉阀门进行维修，可阀门早不能用了，咋办？

　　情急之中，出故障的人家就往小区的供热站跑。供热站的工作人员倒是很痛快，多大点儿事儿啊，不就是放水吗，一分钟就搞定。工作人员打开了放水栓，真快，小区管道的水哗哗地开始往外泄。放水真的很容易，可你这工作人员就不能动动脑筋仔细想想吗？你这一开栓，那放出的水已不只是出故障的一户人家的水了，你是把小区两百多户的热气腾腾的暖气水都放出去了。足足一个多小时，小区的暖气水终于放干净了。待出故障的人家请来水暖工维修完后，几个小时已经过去了。这户人家肚子都饿了，就出去吃饭。酒足饭饱后回来用手摸一摸暖气片，咦，咋不热呢？连忙给水暖工打电话询问，水暖工说，你暖气注水了吗？哦，可能没水呢。于是跑到供热站询问。供热站工作人员说，你没告诉我修没修好，我也不能乱注水啊。开始注水，还是很简单，打开注水阀门就是了。放出去的是热水，而重新注入的却是冷水，还要耐心等。又是一个小时，水终于注满了。水注满了，供热站工作人员重新给水加热。一户人家出问题，去掉排除故障时间，去掉放水和注水时间，再加上加热时间，基本上耗去了大半天。似乎很简单，也没有啥麻烦的。可工作人员哪里知道，你轻易地将热水放了出去，其他两百多户的暖气还能热了吗？白天还好说，要是半夜出现这类问题，人们可都熟睡着呢，至于是怎么冻醒的冻感冒的，又有谁来管？

　　两百多户人家的暖气都不怎么热了。原来，暖气水这样一放一注，各家各户的暖气里都憋满了气，重新加热的循环不畅，暖气水的热量很难正常散发。没几天，各家各户的室温普遍低于保障温度以下了。有人去找供热站，供热站的工作人员说，这好办，我稍微加下压就成了。于是，又不假思索地开始加压。这样一加，各家各户的暖气终于热了。可有的人家的暖气片却经不起这番瞎折腾，又出现了漏水现象。而且，漏水人家的阀门也不好使了。于是，他也跑到供热站请求放水。供热站的工作人员依然很痛快，多大个事儿啊，不就是放水吗，很容易，一开阀门就是，一分钟的事。就这样，来来回回，一个冬天就这样循环着一个动作：出问题——供热站痛快放水——维修后——供热站注水——加热加压——又出问题——再继续痛快放水。

　　我被他们给折磨得苦不堪言。一到冬天下班回家，第一反应就是跑到暖气旁，将暖气罩拿下来摸一下暖气片，要是热的就如释重负，要是不热就连忙放跑风。这个跑风，能将自家暖气片中的气儿放出来，保证自家暖气水迅速循环，可有时这办法就不灵了。为啥？暖气片里没有水了。于是，给供热站打电话，人家很热情，说有人家暖气坏了；我问什么时候坏的，人家说有几个小时了；我问，预计多久能修好，人家说，不知道；我又问，没给限定时间维修吗，人家说，我们只管供热，不管维修；我有些生气，你们把热水放出去了，现在暖气没水，总要有个注水时限吧，人家不耐烦了，说这事我也不知道。还想问，人家"啪"的一下将电话挂了。我这个气啊。这些年，我始终按期交取暖费，从未拖欠过一分钱，可自家的温度从来没有正常过。就因为来回放跑风，家里的暖气罩卸来卸去经不起折腾都换了好几茬了，而每个暖气片也被迫换了几处跑风。有时半夜，被暖气片中"哗哗"的放水声惊醒，心随着没了水的暖气片一样迅速降温，再也无法睡去。

一户有问题，两百多户作陪，这是何道理？我跟供热站的领导多次反映，建议检修一下小区各家各户的安全阀。若有困难，就在每个单元或每栋楼上安装个控制阀门。一旦哪户人家暖气出问题，就关哪户哪个单元，实在不行关所在楼的阀门，总比放净一个小区的热水强吧。供热站的领导说，主意好是好，但安装阀门要花钱，我们没那笔费用。我问，你们往外放一次热水浪费多少钱？再注水重新加热不也要花钱吗？供热站的领导说，这和安装阀门不同，这花费的不是我们自己的钱。我说，你可以向上反映啊，他说，我没那个责任。我半天没说出话来。

责任，一个多么庄重的词啊。对于没有责任意识的人，这个词经常被轻描淡写，甚至像绣球一样在高空中被抛来抛去。供热站，本该是一个社会责任很强的服务企业，可却缺乏一种应有的责任意识。去年隆冬，供热站的领导拍着胸脯向小区居民们表态：经上级主管单位批准，打今年起，供热站在小区的每个单元安装控制阀门。那种一户有问题，两百多户人家跟着遭罪的现象将不再出现。

冬天很快到了。起初，屋里很热。我很高兴，跟妻子说今年供热不会再出现去年的事情了。可就在昨天，屋里又不热了。急忙卸下暖气罩，一摸暖气片冰凉，再一放跑风，是空的，暖气里没水。我急忙去供热站，一名三十多岁的女员工正在值班室里悠闲地看着电视。我问，暖气咋不热？她问，你是哪栋楼的？我告诉了她。她说，哦，另外一栋楼有户人家暖气坏了。我问，那就放水？她说，不放水人家也没法修啊。我说，你们去年不是说每个单元都安控制阀吗？她说，这事我不清楚。我说，你们除了放水就没啥好办法吗？她说，我只管值班，其他的责任我不管。我说，什么时候修好？她说，这我也不知道。我问，你能问下吗？她说，我没那个责任。我说，你的责任是什么？她一指自己坐着的值班室说，就在这里，这里就是我的责任。

责任，又是责任。难道我们的责任就是这样被常挂在嘴上，却又轻易抛到脑后的吗？其实，责任是一种行动，责任又是一种良知。在日渐寒冷的日子里，责任是忠于职守，严格履行职业道德，严谨细致，用心负责。它是遇事善于动脑善于分析，有章法讲科学，有头有尾绝不虎头蛇尾；它是热情细致有求必应，而不是因小失大损害大多数人利益；它是责无旁贷敢于担当，对得起每一天的工作，而不是得过且过混时间混工资。真正的责任会温暖整个冬天。它服务至上，绝非高高在上；它将心比心，换位思考，想群众之所想，急群众之所急，认真倾听群众的呼声和合理诉求，有人情味儿更注重人性化，绝非是那种貌似热情，实属应付了事搪塞推诿。在寒冷的冬天里，责任是一诺千金说到做到，言必行行必果，让群众始终感受到一种温暖拥有一份阳光。纵然天再冷、雪再大、路再滑，也都能听得到春天的脚步声。

我有些头晕，血压又高了。走出供热站，寒气扑面而来，天空一片昏暗。要下雪了，暖气片里却没了水，没了热气，它那散热的责任去哪儿了？

第九辑 纯净的年风

爱玉说

谁人不爱玉？可我以前对玉却敬而远之。不是买不起，是不敢买，怕不小心损坏或丢失。近些年，心亦淡然行亦从容，对玉爱之有加日甚一日。

童年，初闻白玉无瑕和完璧归赵，使我对玉初有好感。知碧玉一说后，才知玉色不仅有白也有绿。刚参加工作，单位有奢华同事，戴白加绿圆柱状手镯，整天大谈"穿金显富贵、戴玉保平安"理论，对此我不以为然。不就是一环石头吗，至于这般炫耀？渐渐，地摊上充斥多类防玉制品，美观而廉价，对玉顿失信心。曾嘲笑小说中的贾宝玉离开玉魂不守舍，也曾对现实中的戴玉男人嗤之以鼻。不想，如今自己却沦落到心痴意迷的地步。不禁苦笑，爱玉真乃人之本性。

爱玉自不同于玩玉，也不是弄玉。玩玉与弄玉似带有轻挑色彩和亵渎意味。看历史，知古代君王多爱玉，遂慨叹之。我不赞同乾隆他老人家"玩玉可治国治天下"的说法，那是在给玩玉找理由。对玉，我是从心里喜欢，再从喜欢到热爱。而真正对玉有体会，还是源于为妻子选购手镯。二〇一一年春，给操劳的妻子买首饰。珠宝店里，妻子不语，却在玉石柜台前徘徊，我狠心为她选购了一只翡翠手镯。看证书上的校验编码，问店员翡翠和玉哪个好。店员说，翡翠是玉的一种，产自缅甸，比国内的玉还好。我问，难道中国不产翡翠？店员不置可否。早听说缅甸有块地方产翡翠，且在历史上曾属中国管辖。据说当年蒋介石逃往台湾，带走大量翡翠国宝。若是真爱玉也就罢了，可他那疯狂的行为实属贪民族财富为私利的又一写照。

　　好的玉看着就舒服。大到镇国和氏璧、传国玺，小到驱灾辟邪的玉簪及平安扣，都有妙不可言的珍神贵韵。作为普通人，买玉不图倾国倾城，只求倾心倾意。结婚二十五周年纪念日，我狠狠心，反复讨价还价，最终在当地金店里花了一万一千元给妻子买了一块雕工精美的翡翠玉牌。牌子背面与正面上半部呈淡绿色，正面下半部为黄色。翡翠中有"红翡绿翠"之说，遇"黄翡绿翠"也属不易。何况，正面图案细腻，弧线鲜明。翠部是一只立鹤与一朵绽放的荷，翡部则是一片缱绻的叶，其寓意福寿如意。买玉买的就是眼缘，我第一眼就喜欢上了它。初次花这么多钱买首饰，平素节俭习惯的我自是心疼，扪心自问却也释然。婚后，妻子跟我南来北往辗转多年，承受了很多压力和辛苦，如今条件允许了，总要表达一下我的歉疚吧。妻子很感动，能让妻子感动又何乐而不为？

　　玉这个东西，高端的上档次，却未必大气。好的玉不见得非要价格高，只要纯天然看着舒服就行。那种只买贵的思想要不得。有熟人，不擅品玉，却贪恋捡漏。到外地旅游买了一只手镯，知我好赏玉，就拿来让我鉴赏。此手镯确也晶莹剔透，像传说的冰种翡翠，用手摸却不够圆润细腻，问价，说三万余。真要是冰种，这个价也拿不到。我性直，把自己的见解说给他听。他听了有些不高兴，称这是捡漏，有证书不会假的。我无语。花大价钱买玉，单图品质也罢了，倘若以玉炫富则必失意义。现如今，玉石市场良莠不齐、鱼龙混杂，造假的手段花样翻新。三年不开张，开张吃三年。买玉买的不是高贵，要货真价实才好。俗话说，买的没有卖的精。哪有那么多的漏让人捡？吃不准再便宜也不买，看好了的，只要可靠且承受得起，贵一些又如何？好玉自会有证书，却也不可迷信。玉都能造，何况一个证书。我始终认为，买高档的玉还是到正规的金店选购。若为了把玩，就买件价不高，看也舒服握也舒服的。当然，不管这品那种，得是天然玉。

两次给妻子买玉，多少积累了一点儿赏玉的经验。二〇一五年末，父亲在山东辞世。料理完父亲丧事，伤悲的心忽然空荡。父亲在，自己心里有依靠，行也踏实心也踏实。而今，父亲走了，支撑我的那座山也就倒了。我神情恍惚在父亲生活过的城市徘徊，迟迟不忍返程。那天，不知不觉转到一家玉石店。看着琳琅满目的玉石，我越发伤感。若父亲活着，给他老人家买件玉也是好的。我自责我内疚，杵在柜台前发呆。店员见状，以为我要买玉，就殷勤起来。问我买给谁，我喃喃道："父亲。"她立马向我推荐翡翠手把件，并拿出一款给我看。我一下子清醒过来："父亲不在了。"店员连忙改口："先生，老人家走了，您心情肯定不好。买个手把件心里会好受些，睡觉也踏实。"听到"踏实"两个字，我不禁随手握住了一件，别说，心还真踏实了不少。父亲要是在该多好，我的眼睛又湿了。店员问："先生，买吗？"我切切："买。""八百，请付款。"就这样，我有生以来第一次给自己买了一块玉。许多天后，当我仔细观察这块翡翠疙瘩时才发现，该玉雕得虽美，却有暗裂绕其左右。暗裂的翡翠与我伤痛的心，一起依偎着，不知不觉走出了寒冬。暗裂的翡翠不值钱，可我却不忍抛弃它，依旧在夜深人静的时候紧紧地握着它。

一块美玉，能观能赏，可戴可藏。"玉乃石之美者"，其美在质感在色彩在雕工更在自然。遇美玉，就像与品德高尚的谦谦君子相逢，除赏其温雅气质外，你还能感受到它贞洁的通透神韵。相比硬玉翡翠，我越发喜欢起软玉来。和田玉几近绝产，价格居高不下，仅是休闲把玩自不必投入，倒是岫岩玉引发了我的兴趣。二〇一六年仲夏，一群卖玉人自驾大篷车长途跋涉来小城营石销玉。一条由众多蓝色帐篷组成的临时商铺扎在小城的繁华地段，让久居这里的人对玉有了新的认识。他们带来的玉石种类繁多，大的按吨计，小的按克量，档次高中低，水准优次劣。红是玛瑙，黄是蜜蜡，蓝是松石，紫是水晶，白是羊脂，黑是曜石，绿是碧玉。或莽莽苍苍，或曲曲弯弯，或花容月貌，或亭亭玉立，或如云似雾，或缠缠绵绵，各姿各色穷尽世间百态，让人美不胜收。与妻子共同参观，忽见一款深绿圆润的玉滴挂件，晶晶莹莹，滋滋润润，气定质朴，柔美细腻，用手抚摸，有如与溪水触碰之妙，清清凉凉，光蕴顺畅。问此为何玉，卖家答岫岩玉。问价，二百元。卖家是一对夫妇，来自辽宁岫岩。家乡产玉，靠山吃山，虽非高端，却可保生计，夫妻俩风里来雨里去，四海为家，大半个中国都转悠到了。男人在柜台前卖玉，女人在后面烧火做饭，那张凌乱的折叠床就是他们流动的家。我心生感慨，二话不说买下了这块秀美的玉。

买玉，买的是眼缘和心情；爱玉，爱的是品质与内涵。玉能吸引我，我也甘愿被吸引。对玉，我虽不比乾隆，却也矢志不渝。故在家看书把着玉，出外锻炼握着玉，睡觉时枕着玉。一堆玉，成了我的最爱。妻子嗔怪我见玉走不动道，我笑言：“上辈子我是一块玉。”

电视的记忆

坐在舒适的沙发上，守在大屏液晶电视前，惬意地欣赏着精彩纷呈的文艺节目，自己仿佛畅游在春天的原野上……

小时候，村支书家勒紧裤腰带率先买了一台九寸黑白电视机，以显示带头致富的决心。那几天，把村支书幸福得在村里的广播喇叭里直喊"四个现代化"的前景光明即将实现。大人们有的嗤之以鼻，摘不到葡萄说葡萄酸；有的垂涎三尺，吃完晚饭就找理由谦卑地坐在书记家的炕沿上一边没话找话奉承着，一边满眼新奇地看着电视屏。我和小伙伴们都表现得十分乖巧，抛却往日的嬉闹和顽皮，如醉如痴地看着《三个和尚》《哪吒闹海》等精彩的动画片。祖父说："你们是赶上好时候了，能在家里看电影了。"父亲则说："要是坐在自己家，边喝着酒边看电视，那才叫幸福呢。"那时，自己做梦都喊"看电视"，真的希望幸福的日子早些到来。

五年后，父亲真的从县城里买回了一台十八寸的飞跃牌黑白电视机。这台电视机，在当时成为家里最为豪华的奢侈品。全家人心花怒放，一到晚饭后，都不约而同地坐在电视前兴致勃勃地看着诸如《夜幕下的哈尔滨》等精彩的电视节目。全家人的幸福指数一下子高出了好几倍。可是没过几天，弟弟就噘着嘴嚷嚷说，同学家里有带色的电视。还问母亲，啥时候家里也换彩色电视机。母亲只说了一句“等你长大了可以看大彩电了”，就继续目不转睛地欣赏着黑白电视机中的节目。

时光荏苒，日子在看电视中飞速流逝。大雪小雪飞舞了一年又一年，家里的电视看了一台又换了一台。到了我们兄弟成家后，电视机已经发生了翻天覆地的变化。从小黑白到大超薄，时代变幻多彩，电视代代更新。社会进步了，早已不是那在固定的时间里接收着有限的电视信号时代了。闭路、有线到现在的数字，多媒体、多频道，电视的节目丰富多彩，电视的世界璀璨缤纷。只一个目的，那就是让你感受时尚的生活，让你领略时代的脉搏，让你品味幸福的真谛。去年年底，我们兄弟几个又一起掏钱共同给父母买了一台海尔牌超薄电视，着实让父母感动了好几天。

做完功课的儿子，不知道啥时候坐在我身边津津有味地看着电视。我从沉思中醒过劲儿来道：“儿子你得好好学习，不要看电视浪费时间。以后你再看也不迟。”儿子却问道：“爸爸，你小时候看电视，大人管不管？”我一时无语。那时候想看电视，要去别人家看，还要看别人的脸色，生怕人家不高兴，哪有现在的无拘无束啊。看我不说话，儿子又大着胆子问：“爸爸，最先进的电视是什么样子？”我感慨道：“最先进的电视就应该是最时尚、最实用、最人性化、最灵敏的。”儿子似懂非懂。我不再解释。是啊，等你长大后，你一定会知道，什么叫“先进”了。到那时候，电视已经不再是靠遥控器来操作了。或用目光对接，或用思绪定位，或用声控指挥，或近距离锁定，或异地操作。单单那款式、那风格，就定会多姿多彩，也会让人眼花缭乱、目不暇接。当然，可折叠的早已不算先进；可多用途处理，应该是做得到的。像一张纸，一幅画，一个晶莹剔透的工艺品，那时的电视机定会给你在幸福的生活里增添新的体验、新的感觉、新的乐趣。

我的思绪因电视蔓延着。儿子却看得入了迷，突然喊道："好！"我回过神儿来，故作生气地说道："赶紧学习去。"儿子噘着小嘴走进了自己的房间。唉，儿子，你可要好好学习。将来，你会拥有更先进的电视。那时，你会在看电视中真正体味出幸福的内涵和意义。

我索性躺在宽大的沙发上来个彻底放松，而自己的思绪则随着丰富的电视节目在梦幻中开始新的旋转、新的放飞。

诚信的棉被

　　一件小事，往往能反映出深刻的道理。盘点将逝去的一年，家事、国事、天下事，值得记忆的事情的确不少。然而，令我回味无穷、感触颇多的却是一件与诚信有关的小事——定做棉被。

　　我对棉被要求倒没有什么苛刻与不同，也不追求什么华丽赶什么时髦，只要盖着舒适就成。从小到大，被迫盖的、自愿盖的，渐渐地只对棉被情有独钟。入冬后，供热一直不好，室内有温度没热度。给小区供热站打了几次电话，得到的仅限于一种礼貌式的应付，索性也就懒得再问，与其生闲气还不如做几床新棉被暖暖身呢。妻子说，前几天单位的老大姐弹了一床五斤的棉被，做工很好价格也适中。于是，连忙顺藤摸瓜问好定做棉被的地址，第二天一大早就去找那家做棉被的店铺。

　　店铺老板是一位四十岁左右女人，人很利落。知道我们要做棉被，就放下手中的活儿，热情地领我们参观几种棉花样品来。样品质量各异，价格也不同。我和妻子选了最好的那种，并开始与女老板讨价还价。女老板说："做棉被不能图省钱，一分钱一分货，好棉花做出来的被子盖着也舒坦。所用的棉花说道也很多，但以次充好、掺杂'黑心棉'的缺德事儿我从来不干。要是随便要价随便给你们打折，那你们还敢盖我做出的棉被吗？"我很赞同女老板的观点，当即确定好棉被的尺寸和重量。妻子希望女老板尽快做，说晚上六点钟来取棉被。见女老板有些为难，我连忙说："我们给你加点儿钱也行，要不，今晚上我们就没被子盖了。"女老板一听连忙摆手，爽快地说："不用加钱了，大不了我中午不吃饭也要把你们的棉被做出来。"

从门店里出来后，我和妻子又马不停蹄地赶往中央商城定做被套。一路挑来选去，最终在一处看着还算顺眼、面料花样也颇多的摊位上选了两种款式。谈好价后交了款，约好中午十二点整来取。看看表，还有两个多小时，我和妻子干脆乘兴参观了商城附近的几家床上用品专卖店。各店的床上用品真的很丰富，仅被子种类就让人目不暇接。什么羊绒被、羽绒被、蚕丝被、纤维被、理疗被，等等，做工精美，花色繁多，直看得我和妻子眼花缭乱、啧啧称奇。再瞧瞧那标价，却高得令人瞠目结舌。好一点的被子一床都要好几千，有的要上万，根本不是咱这工薪阶层能消费起的。见我怅然，妻子安慰道："其实还是自然棉做的被子好，经盖耐用、实在舒服，还不伤人的精血。"

中午十二点，我们如约转回商城。可被套却还没做好，女工的缝纫机突突地响着，我们只好坐等。一个多小时后，被套总算做完了，但是做工却不甚精细。见我脸上写满不悦，店老板连忙赔笑，说活儿太多了，不可能都尽善尽美，并表示被套所用拉锁都免费赠送，以后再来一定给打折优惠。我说："附近几家做被套的都赠送拉锁。你也不用以后打什么折谈什么优惠了，只要记住守时保证质量就成。"店老板还是一脸的赔笑，但怎么也读不出一副诚恳的样子来。

天黑了，我和妻子前去定做棉被处取被子。我心里有些担心，怕女老板不能按时完工。没想到，待我们到那儿，三床棉被已缝制好了，正规整地摆放在案板上。我用手抚摸着崭新柔软的棉被，恍惚中又回到了母亲在灯下为全家人一针一线缝制宽大松软棉被的童年时光。唉，母亲那安详慈爱的面容早已定格在我挥之不去的美好记忆中。"如果不用心做，根本做不出这样的好活儿来。"我摆脱思绪，对女老板的手艺以及守信的表现由衷赞叹。女老板说："这活儿也没啥诀窍，就是靠信誉。没有信誉，再好的手艺也干不长。"看来，诚信经营并不难，只要满怀"信誉"之心，什么生意都能做好。我下意识地想起中午那个做被套生意的老板来，心中不免一阵感慨。在漫长的冬季里，诚实守信就像温暖的阳光一样难能可贵，值得追求。真的，有了厚实柔软、温暖舒心的诚信棉被，纵然天再冷，我们的周围也会融融如春。

新棉被令我轻松入眠。在甜美的梦境中，新棉被插上诚信的翅膀，带着我飞向新年第一个灿烂的清晨。

轻易不下楼

"宅男四十八，天天守房笆。轻易不下楼，网上种地瓜。"迷迷糊糊从梦中醒来，急忙找来纸和笔，把梦中得来的这句顺口溜记了下来。看了一遍，感觉还不错，挺形象的。天天守房笆倒是有些夸张，但自己轻易不下楼却属实。

步入中年，自己有些变懒了。下班一回家，浑身像散了架似的，再也不想下楼。即便有朋友打电话邀约小酌一杯，也经常找理由谢绝，完全没了原有的热情与活力，对有的社交活动，则能推辞就推辞，能谢绝就谢绝。在家里呢，一副邋遢的样子。好在多年养成的习惯，回家就换衣服。起初还穿套睡衣，可越往后越简单。经常是下身睡裤上身背心，到了夏天，就光膀子了。经常是睡眼蒙眬、慵懒无神、面容可憎，怎么看怎么像一个病秧子，怎么看怎么像一个无所事事的宅男。

可人家宅男也是很有精气神的。比如说，电脑宅、技术宅、眼镜宅们，就都很有成就感。而像我这样的上班一族，回家轻易不下楼，至多也就算个纯宅大老爷们。这宅也真不是个好形象，可要想摆脱这种状况，还真的要下功夫调整调整。思前想后，还真有一个办法，那就是锻炼。跑步肯定是不行了，不说体质如何，单说自己中度的冠心病，也不允许做大幅的剧烈运动。要说散步还真适合自己，既能缓解压力，又能强身健体。何乐而不为？好，那就散步。可问题来了。早晨一觉醒来已是六点多，除去来回换衣服的时间，已无多少空余时间，还锻什么炼？于是泄气地闭上眼继续昏睡起来。直到七点二十被闹钟吵醒，才稀里糊涂吃上点儿东西强打精神上班。早晨不锻炼也就罢了，晚上总得有时间锻炼吧。可到了晚上，别说下楼，就是下楼的想法都没了。饭后，不是坐在电脑前浏览一下网页，就是看一下电视里的《新闻联播》，哪儿都不想去了。

如今，散步越来越显得时尚了，可不下楼也散不了步啊。本来家住城区中心处，附近还有中心广场，以前自己很喜欢往那儿溜达。可这些年，这个广场人越来越多，人多了还好说，可狗也多了。狗多了乱窜，狗多了广场的卫生也变差了，稍微不注意，就会踩到一脚狗屎。心里恶心还算好的，要是碰到一条疯狗，那后果则不堪设想。还是不去吧，毕竟安全第一。所幸还有马路在，于是就顺着马路旁的人行道开始散步。可问题又来了。原本宽敞的人行道，不知什么时候成了停车场。那车，可不是一台两台的，而是一辆挨着一辆，多得让你目不暇接。边挤挤插插往前走，边不断擦着额头上的汗。这叫什么事儿啊。马路上跑着车，人行道上停着车。车倒是有了位置了，可行人怎么走？也没个人来管一管。越想越气，就转身回家再也不想下楼。每逢双休日呢，按说应该锻炼锻炼吧，可潜意识里总想舒舒服服地多躺一会儿，尤其床头柜上还有几本心仪的书刊，顺手翻看起来，可看着看着却又犯起困来。这样，迷迷糊糊地一睡就是大半天。眼一睁，已近午时。

不下楼坏处实在是不少，身体渐渐发胖，眼界渐渐变窄。你说，现在不管是办公一族还是经商一族，凡是略有空闲的人谁不追求个健康啊。

像我这样的办公一族一回家就不下楼，每天的基本运动量实难保证。长此以往，别说冠心病，其他的病也容易招来。俗话说，生命在于运动。没了运动，这生命力岂不是大打折扣？再说了，现在社会压力大，需要广泛的社交面，自己和朋友和同事少了直接见面的机会，只满足于信息沟通、手机联络，也实在说不过去。曾有人问我宅在家里是不是玩偷菜游戏呢，我说我不偷菜，我种地瓜。不下楼，人容易呆傻，交往也容易走死路。有时候，一个小区内的朋友，一见面，都有一种恍如隔世的感觉，这叫什么事儿啊。

当然不下楼也有不下楼的好处。省鞋省力也省却了一些烦心事。现在社会交往越来越复杂，稍微不慎很容易产生一些矛盾和是非来。所以，最好的回避就是不接触、不见面，那麻烦想往你头上安也很难。再说了，现如今有些俗不可耐的交往也着实不敢恭维，弄不好就会把自己染得面目全非。要说几个好朋友自掏腰包喝些酒，倒也没什么负担。我本性情中人，喝酒从来不掺假。我总想，人家盛情难却，怎么也要喝几口。朋友都知道我不胜酒力，很少有逼我多喝者。可越是这样，自己越心不安，多以宁伤身体不伤感情为想法，尽量好好表现，而且每次喝酒时还很少吃主食。一回家，就要麻烦妻子熬粥、煮面条，甚至还要洗衣服，真是不好意思。

不下楼最明显的好处就是安全系数大为增加。前面也提到了，现在的车辆多，什么人都敢开车。马路杀手正以几何级数成倍增长。原来那种车给人让路的现象越来越少，而人给车让路还经常被刮被碰呢。就拿本人上班的感受来说，不到十分钟的路程，我要过三个人行横道线。明明是绿灯，总以为可以放心过马路，却经常有车疾驰而去，惊心动魄时而有之。

不下楼还有一个好处，那就是不用天天洗澡。刚到湖北时，想洗澡却找不到浴池。一打听，原来，湖北人多在家里洗澡。于是，自己就入乡随俗，也在家安装了热水器，开始适应在家洗澡。这倒也方便了许多，想什么时洗就什么时候洗，一点都不麻烦。待回北方后，自己延续好习惯，又在洗手间里安装了洗澡装置。可过了没几天却发现，原来北方还是习惯在外面洗澡。这也不错，来也冲洗去也冲洗，省却了在家收拾的麻烦。可既然家里有洗澡的条件，不用也怪可惜的。于是，我沿用在湖北的生活习惯，坚持在家洗浴。冬天是几天一洗，夏天感觉不舒服就洗。要是经常下楼外出，那肯定是天天洗了。洗完澡最大的活儿就是清理洗手间。活儿不重，却很麻烦。每当看见妻子任劳任怨清理洗手间，心里这个愧疚啊。于是，坚定态度：轻易不下楼。

当然，下不下楼，何时下楼，有时候身不由己。柴米油盐酱醋茶，生活琐事样样有。除夕那天，自以为什么都备齐了，可以安稳过年了。待到烧火炒菜时，突然发现忘买新筷子了。过年用新筷子是我家的传统，从小到大，平时筷子新旧无所谓，可过年时一定要用新筷子。我这个烦啊，边埋怨妻子边穿戴整齐下楼去买筷子。你说，大过年的就轻易下楼，那一年里还不总下楼啊。

此文正要收尾，妻子在厨房里喊："下楼买瓶酱油。"得，还得下楼去。

彩虹当空舞

稍纵即逝的美，除了昙花外，就是彩虹。倘若她们能让你感动一回，那就不是忧伤，而是一种幸运。

夏日，雨说下就下，尤其在北方偏北。这里，白天雨少，晚上雨多，每次历时都不会久。考虑避雨方便，最近索性选了一处离家近的场所锻炼。此处原是公安局所在地，不设栅栏不砌围墙，很开放很亲民。办公楼前面和两侧是几十棵品种不一高大茂密的树，弯弯曲曲蓬蓬勃勃，把整个院子衬得格外幽静。楼前的院子不大，却有百余米宽，徒步运动足够了。听更夫介绍，公安局搬走后，这里一下子搬来九个单位，虽说不是什么要害部门，但也都是政府下属的事业单位。白天办公进进出出的，很是热闹，可一到晚上就冷冷清清。我说，政府办公场地，休息时间群众不好打扰。更夫笑言："锻炼身体，算不上打扰。"

长这么大，最推崇两个词：一个是"居安思危"，一个是"未雨绸缪"。用在锻炼上，"未雨绸缪"自然就变成了晴天也带伞。不下雨，雨伞握在手中。若遇下雨，小则撑伞继续锻炼，大则立马回家。半个月持续高温后，雨终于一场接一场降了下来。晚饭后，和妻子带伞出门开始锻炼。大雨过后，空气格外清新。零落的雨滴在地面浅水中垂成朵朵涟漪。雨未尽，那就举伞行走。此时，我们心中都升起关山横渡的豪迈来。

与我而言，彩虹是少年的憧憬，是青年的浪漫，更是中年的期待。

我不擅体育，步入中年后，最喜爱的运动除了爬山，就是徒步行走。不为锻炼身体也非减肥，只为预防痛风。那年，右腿膝关节突然疼痛不止，连续多日行动困难。医院查，却查不出所以然，但我始终认为是痛风。不少人质疑，说痛风一般都在脚部，尤其是脚趾居多，没听说膝关节痛风的。自己的病自己心里有数，对患痛风我深信不疑。比如疼痛时，自己曾连喝两大杯小苏打水，几分钟后，膝关节果然不再疼。那期间，恰逢到山东探望父亲，父亲见我行动不便，就说我平时缺少运动。父亲蹒跚，自己未老却行路难，心情糟透了。从山东回来后，疼痛渐渐缓解。人不能好了病就忘了疼，我痛下决心，坚持每天徒步锻炼。早晨难早起，就晚上锻炼。起初是散步，每晚约三千来米，速度比较舒缓，可走着走着，速度就快了。一个月后，走的路程也由每天的三千米升至六千六百米。徒步行走毕竟有别于散步，广场人多不便，马路人行道早已成了停车场，自然无法前行。只好绕城区外围走，掐时间掐距离，不达数量不罢休。这样走了不到两个月，忽一日行走时，右膝关节内"刷"地一下，似降水般，整个右腿瞬间轻松了许多。我笑了。自此，我风雨不误，坚持徒步行走，痛风病再也没犯。

时至今日，我依然怀念童年时的那道彩虹。当那道彩虹出现时，我拼命向她奔跑，可还是离她很远很远。我盼望自己长大，长大了，就可以大步流星地追上那道彩虹。

百余米的跨度，一来一回，至少有二百米。我对妻子说，这距离也就七十来米，来回至多一百五十米，我们每天坚持走三十个来回如何？妻子表示同意，可没过几天就狐疑起来："我咋感觉来回不止一百五十米呀？"我自信状："我的脚步都是有数的，不会错。"妻子不再怀疑，我走在前面，窃笑不止。以前，走一个固定的六千多米，时间用一个半小时，还是在步伐放不开的状态，可现在身处此地，院落平整，没遮没拦，脚步加快，耗时一个半小时，距离自然超过六千米。见妻子淡然的样子，我不好意思起来，锻炼的时间摆在那里，妻子怎能算不出距离呢？只不过妻子憨厚，由着我的性情罢了。想到这，我放慢了脚步，开始和妻子并肩行走。

好景不长，锻炼了不到一周，院子的人多了起来，除了一两个遛狗的、三五个练双节棍的、七八个打太极的以外，还涌入一群跳交谊舞的老人。一阵嘈杂一阵乐曲，安静被彻底打破。怕影响心情，再锻炼时就带上了袖珍收音机。这款收音机能播放音频文件也能收十多个电台，是二〇一二年妻子给我买的，除了出差携带外，轻易不外带。如今虽面已斑驳，却依然爱不释手。有了收音机，行走不寂寞。我一直喜爱中央人民广播电台中国之声频道，它让人知世界晓天下，开视野醒脑筋。尤其听到国内振奋的消息，心情就格外的好，行走的步伐也坚定了许多。正走着，收音机里传出山东临沂"暴走团"行走时被车冲撞的新闻。暴走，不正是我这徒步行走吗？我心里不是滋味。这几年像我等这般"暴走"的人日渐增多。在不影响公共秩序和安全下，锻炼身体，自然属倡导行为，可这件事，让我怎么说好呢？我长吁一口气，对妻子说："还是咱们这般好，自己走得安全，也不妨碍他人。"

我盼望生命里有新的彩虹出现，就像心中那缕阳光一样，经常照耀我不断前行。

雨住了，我和妻子都拢起伞加快行走。天空渐渐晴朗，空气格外清新，我和妻子脸上写满轻松。倏忽，一道绚烂的彩虹在我们的头上腾空而起。她赤橙黄绿青蓝紫，当空不停地舞动着，把世间最温情最美丽的色彩，直白地壮丽地呈现在我们的眼前。我和妻子情不自禁停下脚步，尽情地欣赏起这幅动人的画卷。而彩虹呢，已将我们的梦想与现实连在了一起。童年追赶彩虹追得一塌糊涂。母亲嗔怪我："男孩子不要迷恋彩虹。"我问："为啥不能迷恋彩虹？"母亲说彩虹挂在天上摸不到，想多了就会伤心。起初，彩虹离我很远，远得需要我翘首遥望却难以企及。后来，我开始跋涉，跋涉得义无反顾。在我将要疲惫时，发现这道彩虹离自己越来越近。为了登上这道彩虹，我也激动也自豪，振臂高呼且热泪盈眶。风雨兼程几十载，彩虹终于鲜活地呈现在我们的眼前。这哪里是普通的彩虹啊，这分明是我和妻子共同用汗水浇筑的生活景观。

不错，天上的彩虹自然短暂，可生命中的彩虹定会长久。我和妻子加快了脚步。我们坚信，只要心有彩虹，希望之光就会熊熊燃烧。

春色在雪中绽放

午夜降温，我连忙起床跑到客厅将半开着的窗户关了起来。妻子问干吗要关窗户，我说要下雪了。妻子半信半疑，我却安然入梦，对即将莅临的春雪深信不疑。

早晨起床，天灰蒙蒙的一片，让人有一种压抑的感觉。妻子说，哪里有雪啊，你输了，中午请我吃饭。我说，要是下雪了，我也请你吃饭。二月下旬以来，加格达奇的气温节节攀升，最温暖时，对面楼房顶上的近五厘米厚的雪不到半天就化得干干净净。

真的，我对雪有着特殊的依恋。每年，我都希望这里的雪下得多一些大一些，可它却一年比一年少，一年比一年小。去冬以来，有林城之誉的兴安首府加格达奇，却未下一场大雪。这不仅让外地来的游客大为失望，就连本地人也颇感疑惑。即便全球变暖的脚步再快，身处北部的寒冷地带，总不能一下子成为热带地区吧？我不太相信，也不愿意相信，可事实也真就如此。哦，对了，大年初二的那场雪还算有些规模，下的厚度约三厘米，可那雪下着下着就停了，让人意犹未尽心生一种失望来。

我依恋雪，倒不是有着诸如"晚来天欲雪，能饮一杯无"的闲情雅致，而是自己能在下雪时舒适身体、愉悦精神外加回忆与憧憬罢了。要是来一场大雪，所有的尘埃包括那雾霾一定会顷刻消散，城市的空气也会清新起来，那天空也会变得湛蓝如洗，人们绷得很紧的情绪和神经也会得到舒缓。对了，对于大兴安岭而言，一场大雪还能缓解一下春季防火的紧张压力。而对三县四区的农人们来说，降雪有时就是降福。农谚有云："冬有三天雪，人道十年丰。"适量地下一场雪，对土地也是一种滋养和润泽。据说，每一升雪水里，含有七点五克氮化物。雪水渗入土壤，就等于施了一次氮肥。

　　能像模像样地下一场瑞雪，毕竟令人向往。可这雪总得下来才好。童年时，每逢下雪，自己都有着莫名的兴奋。这兴奋饱含着一种期盼，一种对雪的依恋。雪前，那天空、风向和温度，总能让自己感应到一丝雪的温情。那时，雪总会下得很大很多，多得让人忘记了日子的艰辛和生活的疾苦。长大后，无论是北国还是南疆，每到下雪的季节，自己都在心里一遍又一遍地默念着它。自己经常在雪中徜徉着呼吸着，时不时地还忘情地奔跑，那时的笑颜在雪中总能多出一抹灿烂。我不希望下完的雪被立即清扫干净，我喜欢没有各种印痕的雪，没有被污染的雪。我慢慢欣赏它，品味它，歌颂它。在下雪的地方，我的天地无比清纯，我的梦无比干净。

　　依恋雪，我对雪情有独钟。一九九六年冬在湖北，那些天，我总有一种感觉，天要降雪。于是，连忙说与周围的人听，结果却没有人相信。他们说，这里很少下雪，下雨倒是常事，你肯定是想念家乡了。他们把雪念成"se"音，三声。可没过十二个小时，当地却下了一场罕见的大雪。那雪下得虽然不比家乡的雪飘逸洒脱，却也纵横飞舞了大半天。待雪止，整个城市已是洁白一片。当地人欢呼雀跃，孩子们忘情地堆起了只有在梦中才能堆出的雪人。未承想，几个小时后，那雪人却都悄无声息地化成了污水。走在路上，整个鞋子都湿了，洁白的城市瞬间变得脏兮兮的。老天爷好心赐予的雪昙花一现，未免让人怅然。对雪的真诚与痴情，最终却也收获了一份吉祥的礼物。雪后没多久，我被当地税务机关录取，正式成为一名国家公务员。

雪是一种语言，只要你肯用心读它。调回家乡前的最后一个春天，雪少得可怜。见我站在窗前发呆，母亲走过来说："也不知咋的啦，这几年咱们这里一直没下一场像样的雪。该下雪不下雪，奇怪不奇怪？"我当时不知如何回答母亲，说全球变暖、气候不正常吧，对母亲来说无疑有些呆板，再说，她老人家心里也不愿接受这个残酷的现实。也就是那年三月份，大兴安岭着了一次大火，几千人上山打了近半个月。我和母亲说，不着急，大兴安岭会下雪的，一定会。二○○八年，也是三月份，加格达奇下了一场怪异的雪，风卷雪涌，天昏地暗。它不似正常的安静，也不似传统的洋洋洒洒。在狂飞乱舞中，它似乎有一种委屈，有一种怨气。记得当时自己准备拍几幅雪景，见此场景也就没了兴致，而心里却突然溢出一种不祥来。这场雪后不到五十天，母亲突然离世，当时我在扑火一线，未能见母亲最后一面。雪的预言，我没完全读懂，只留无限遗憾在心中隐隐作痛。这种痛，不时而至又挥之不去。

我多希望下一场让人舒展身心的大雪啊。苍天不负黎民心。上午十点刚过，天果真飘起了雪花儿。这雪像梨花一样，从空中纷纷扬扬飘了下来，它越飘越快越飘越密集。我兴奋地给妻子打电话说，瑞雪兆丰年，中午我请客。多美啊，这场北国的春雪，它给整个世界重新装点了一番，它让春色如约而至，让圣洁缠绵蔓延。透过纷纷的大雪，一帘春色正悄悄绽放，苍茫的世界即将迎来一派盎然。